Alors qu'il mouillait une ancre de soixante-quinze kilos, l'Italien s'empêtra la jambe dans la chaîne et plongea directement par-dessus bord : deux « plouf ! » successifs, un bouillonnement blanc sur l'eau verte, puis rien que de l'eau verte.

L'ancre coula à pic dans les vingt brasses de fond sous la quille et l'Italien se débattit pour regagner la lumière verte qu'il voyait à la surface, où le soleil effleurait l'eau.

Ses deux frères le virent disparaître. Ils se précipitèrent à l'avant et s'agrippèrent en vain à la chaîne. Cette dernière tombait raide dans le vert de la mer, sans donner la moindre indication qu'à son bout un homme se gonflait d'eau.

La chaîne s'immobilisa quand l'ancre toucha le fond. Les deux Italiens essayèrent de la relever, mais en vain : l'un des frères courut alors dans la cabine et lança un appel au secours.

*
* *

Un mille plus loin, de l'autre côté de l'îlot du phare de Marabell, un petit bateau de pêche dérivait dans la houle. Assis à l'arrière, deux hommes pêchaient le *flathead*. L'un était blanc, l'autre noir.

Le Blanc, Jack Foster, tira un *flathead* de cinq livres sur le pont, lui arracha l'hameçon de la gueule et le jeta dans une caisse, où il rejoignit trois autres poissons.

– Ça fait deux quids[1] pour aujourd'hui, dit Foster, t'auras bien du bol si j'arrive à te payer, cette semaine.

L'homme noir lui décocha un grand sourire docile.

– J'en sortirai cinq fois plus que toi avant la tombée de la nuit.

– Je miserais pas là-dessus, dit Foster.

Le Noir tira sa ligne et mit un nouvel appât : un gros morceau de chair de thon rouge. Il laissa filer la ligne amorcée par-dessus bord jusqu'à ce que le plomb touche le fond avec un bruit étouffé.

Les deux hommes étaient torse nu. Foster avait la peau intensément cuivrée par le soleil. Assis sur le panneau d'écoutille, le dos voûté, ses abdominaux plats et larges formaient trois stries rigides. Il n'était guère plus grand que l'homme noir et sec, mais il était trois fois plus carré.

Il regarda à tribord, où un minuscule archipel formé de rocs basaltiques s'étendait au sud de l'îlot de Marabell.

Le Noir se mit à rire.

– Qu'est-ce qu'il y a de si drôle, Bill ?

– Tu vois ces rochers ? Eh ben, l'an dernier, quand je pêchais avec Jimmy Evans, on a secouru un gars et sa femme coincés dessus.

Bill se remit à rire en rentrant sa ligne.

– Continue, dit Foster. Qu'est-ce qu'y a de si drôle à ça ?

– Le gars était sorti en dinghy, il avait perdu un aviron et son canot s'était fracassé contre un récif... tiens, le dernier, là-bas au fond. Bref, ils s'étaient réfugiés dessus tous les deux, mais le dinghy leur a échappé et ils se sont retrouvés coincés comme un couple de pélicans sur un rocher.

Foster rit.

1. Quid : argot pour une livre (monnaie en Australie avant l'adoption du dollar en 1966).

– Attends, c'est pas fini, dit Bill. Figure-toi que le type avait réussi à garder l'autre aviron. Mais, comme il était en maillot de bain, il avait demandé à sa femme de quitter son pantalon blanc pour l'attacher au bout de la rame. Il restait planté à faire de grands signes avec le pantalon au bout de l'aviron.

Foster rit à nouveau.

– Bon, dit Bill en relançant sa ligne, Jimmy Evans et moi, on les voit et on s'approche... Le mec était tellement excité que l'aviron lui échappe des mains. Ce qui fait qu'on les a pris à bord, lui et sa bourgeoise, et qu'on les a ramenés en ville... avec la bourgeoise en culotte.

Bill fut pris d'un fou rire incontrôlable en revoyant la scène.

– Et t'aurais dû entendre le type nous insulter. Bon Dieu, j'ai jamais rien entendu de tel. On aurait dit que c'était nous qui avions perdu le pantalon de sa femme. Il nous a traités de tous les noms de la terre jusqu'à ce qu'on arrive en ville.

*
* *

À trois milles à l'ouest, sur la haute colline du littoral où se perchait la ville de Bernadine, un policier tentait de comprendre le message terriblement confus – mélange d'anglais et d'italien – qui s'échappait du récepteur radio.

– Écoutez, dit le policier. Écoutez-moi. Essayez de parler moins vite et en anglais, si possible.

Le flot incompréhensible se déversa à nouveau, ne communiquant qu'urgence et terreur.

Le policier entra dans la véranda qui surplombait la mer. Au nord comme au sud, sur quatre-vingts kilomètres de littoral, on voyait fuir la masse de collines bleutées : on distinguait d'abord leurs liserés de sable blanc disposés en demi-ellipses, puis la ligne d'écume, nette et blanche à cause des déferlantes, et enfin, incommensurable, le grand large bleu-vert.

L'îlot du phare de Marabell était situé plein est. Le policier repéra deux bateaux : l'un au nord de l'île, l'autre au sud. Le premier était étranger, mais le second venait de Bernadine et le policier le connaissait bien.

Il revint à l'intérieur et lança un appel radio.

– Police de Bernadine, j'appelle l'*Elsie*. Police de Bernadine, j'appelle l'*Elsie*. Est-ce que tu me reçois, Jack ?

– Je te reçois, Rod, lui répondit Foster.

– Jack, je viens d'avoir un drôle d'appel. Je crois qu'il provient de l'autre côté de l'îlot et que des types ont de gros ennuis, mais je n'arrive pas à les comprendre. Tu pourrais aller y jeter un coup d'œil ?

– Qui est-ce ?

– J'sais pas, dit le policier, en ajoutant sans s'engager : des Italiens.

Il aurait bien dit « des métèques », mais la dernière fois qu'il avait traité des Italiens de métèques, on s'était plaint à ses supérieurs, qui lui avaient ordonné de ne pas recommencer.

De toute façon, Foster savait traduire.

– Rentre ta ligne, Bill, dit Foster. Y a des métèques qui ont besoin d'aide.

Bill ne répondit rien. Il se mit à rentrer rapidement les lourdes lignes en Nylon, les lovant d'une main experte sur le pont. Le temps qu'il finisse, Foster avait démarré et dirigeait la petite chaloupe vers le nord-ouest, dans des eaux calmes. Bill posa un panier de pêche sur chacune des lignes pour empêcher le vent de les emmêler et se balança pour atterrir dans la cabine et rejoindre Foster.

– Qu'est-ce qui se passe ? demanda-t-il.

– J'en sais rien. Des métèques.

Bill grogna.

Il se sentait supérieur à peu d'hommes, mais les métèques en faisaient définitivement partie. Sa propre place, au sein de la société de pêcheurs dans laquelle il vivait, était clairement inférieure à celle d'un Blanc. Il était admis que Bill n'avait pas les mêmes besoins qu'un Blanc, on estimait normal qu'il n'envisage de fonder ni famille ni foyer, et évident qu'il n'aspire ni au succès ni à la propriété. De son côté, Bill acceptait cet état de choses sans conteste, aussi aisément que les Blancs. Ces derniers buvaient en sa compagnie, mangeaient avec lui, lui parlaient sans jamais se ranger à son point de vue et l'acceptaient dans leur communauté. Il ne leur serait jamais venu à l'idée, ni à celle de Bill, de penser en termes de supériorité ou d'infériorité. Il était là, voilà tout.

Mais pour Bill, les métèques appartenaient à une espèce complètement différente. Ils avaient des manières de faire bizarres, vivaient refermés sur eux-mêmes et, quand il leur arrivait de parler anglais, c'était indistinctement, avec des accents saugrenus. Rien que cet aspect-là conférait à Bill un sentiment de supériorité infinie. Mais ils avaient aussi importé leurs techniques de pêche, différentes et étranges, sur les côtes sud du pays, de tradition australienne. Ils étaient des sous-hommes, ni plus ni moins.

Si Bill avait été en mesure d'exprimer sa vision des choses à ses associés blancs, ces derniers en auraient convenu. Pour l'heure, les sentiments de tout un chacun se résumaient au mot « métèque ».

– Monte voir si tu les aperçois, dit Foster.

Bill se balança de l'autre côté de la cabine, sauta sur le toit et oscilla au doux rythme du bateau. L'îlot était droit devant, douze kilomètres carrés de rochers et de mauvaises herbes où habitaient des lapins, des chèvres, des phoques et deux gardiens de phare avec leurs familles.

La mer était déserte ; la seule agitation, blanche et fébrile, provenait d'un nuage de mouettes du côté abrité de l'îlot.

Bill descendit dans la cabine.

– Ils doivent être de l'autre côté.

Foster contourna l'extrémité nord-ouest de l'îlot. Les phoques de la baie rocailleuse dégringolèrent des rochers. Les femelles plongèrent et s'éloignèrent docilement à la nage, tandis que les mâles se maintenaient lourdement au bord des récifs en leur lançant des regards noirs et moroses.

Foster aperçut le bateau des Italiens qui semblait avoir mouillé à quelque deux cents mètres de l'îlot. Deux hommes, à l'avant, tiraient sur la chaîne de l'ancre.

– Je vois rien qui cloche, dit Bill.

– Si ces abrutis m'ont fait venir pour décoincer leur ancre, je vais leur foutre mon pied au cul, dit Foster.

Il était perplexe. Quelque chose ne tournait pas rond dans le tableau de ces deux hommes tirant frénétiquement sur la chaîne de l'ancre avant.

– Mais qu'est-ce qu'ils foutent, ces abrutis ?

– J'en sais rien, dit Bill. Mais ils ont l'air complètement affolés.

Foster accosta le bateau des Italiens et laissa le gouvernail à Bill.

– Reste à proximité, lui dit-il.

Foster passa par la proue et sauta plus d'un mètre d'eau, atterrissant à l'arrière du bateau italien. Ses bottes firent un bruit sourd en touchant le pont, mais la lourdeur de son corps absorba le choc sans difficulté.

Les Italiens, toujours agrippés à la chaîne de l'ancre, gesticulèrent et hurlèrent. Foster s'avança et les examina, les mains sur les hanches ; sa silhouette carrée et curieusement nordique contrastait clairement avec l'aspect basané des Latins.

– Qu'est-ce qui se passe ? demanda-t-il.

Mais les Italiens avaient perdu l'usage de l'anglais. Ils ne purent rien faire d'autre que de hurler et de gesticuler en direction des profondeurs vertes et innocentes.

– Mais qu'est-ce qui se passe, nom de Dieu ?! tonna Foster.

L'un des Italiens lui fourra la chaîne entre les mains et se mit à haler. Foster l'imita, par automatisme, et sentit un fardeau immobile entraver le mouvement. La chaîne traînait une charge dont l'inertie était différente du poids mort de l'ancre.

– Bon, quelque chose s'est pris dans votre ancre. C'est pas la fin du monde... Relevez-la.

Les Italiens se contentèrent de baragouiner et Foster fut surpris de voir que l'un d'eux pleurait à chaudes larmes.

Foster céda. Il se mit à lever l'ancre avec des mouvements réguliers, maudissant les Italiens qui donnaient des coups secs et saccadés. L'ancre remontait en faisant d'étranges mouvements de côté.

Une volée de mouettes tournoya en hurlant sur la proue.

Foster distingua la forme sombre de l'Italien.

Puis une botte perça la surface de l'eau, la chaîne entortillée en une demi-clé bien nette autour de la cheville.

Quand il comprit ce qui s'était passé, il fut saisi d'exaspération. Tout l'exaspéra : la folie des métèques en général, cet homme capable de mouiller une ancre avec le pied sur la chaîne et ces pêcheurs incapables de le remonter à la surface.

Il écarta les Italiens, se pencha par-dessus bord et mit toute la force de ses épaules et de ses bras à essayer de hisser la tête de l'Italien hors de l'eau.

– Allez, bande d'abrutis ! cria-t-il aux hommes derrière lui, et il sentit leur piètre contribution sur la chaîne.

Il saisit la cheville du noyé dont le corps replongea lorsque son poids repassa entre les mains des Italiens, suscitant une nouvelle salve de jurons.

Se penchant encore une fois, il prit l'homme par la jambe et parvint à le dégager presque entièrement. La tête était toujours sous l'eau. Foster s'agrippa à la rambarde et, de la main droite, épingla le corps contre la coque. Les muscles de son bras se mirent à palpiter sous le poids de l'homme et de l'ancre.

De la main gauche, il tira le long couteau à vider les poissons de l'étui de sa ceinture et trancha l'épais cordage humide sous la demi-clé qui emprisonnait la jambe. L'ancre sombra d'un coup et l'insupportable poids s'allégea sur son bras.

Foster traîna le noyé par-dessus bord, le corps s'affaissa mollement sur le pont.

– Il y est depuis combien de temps ? demanda-t-il.

Mais les Italiens, effondrés contre la cabine, se contentèrent de dévisager leur frère d'un regard effaré.

– Merde ! dit Foster en retournant le corps à plat ventre, la tête vers l'arrière.

De l'eau et du mucus coulaient du nez et de la bouche du noyé.

Foster lui tourna la tête.

Les yeux étaient entrouverts et le visage avait encore des couleurs. Foster se demanda si c'était parce qu'il était à moitié vivant, ou parce qu'il était métèque.

Il enfonça les doigts dans la bouche de l'Italien et dégagea la langue de la gorge. Il appuya sur le dos, passa son bras sous les jambes de l'homme, le souleva et le secoua. L'eau continuait à dégouliner de sa bouche et à couler sur le pont entre les joints de goudron.

Foster mit le corps sur le dos, ferma les narines de son index et son pouce gauches et colla sa propre bouche sur les lèvres humides et flasques de l'Italien.

Il souffla et sentit les narines gonfler sous ses doigts.

Il s'éloigna et se mit à masser le torse.

Un gargouillement liquide traversa le corps et un semblant de rot s'échappa brusquement de la bouche amorphe.

Foster couvrit à nouveau la bouche de l'Italien avec la sienne et sentit le picotement des poils de barbe mal rasée lui trancher l'intérieur des lèvres. Il soufflait fort, mais il sentit que l'air n'allait pas au-delà de la gorge.

Il se leva et prit l'homme par les jambes.

– Donnez-moi un coup de main, bande d'abrutis, cria-t-il aux deux Italiens qui continuaient à le regarder, pétrifiés d'effroi.

Ils étaient incapables de bouger.

Une jambe de chaque côté de la tête, Foster se redressa et se mit à secouer violemment le noyé. Ce dernier avait encore le cordage autour de la cheville ; Foster le détacha d'un coup sec. Quelques pièces tombèrent des poches de l'Italien et roulèrent bruyamment sur le pont. De l'eau et du mucus, tachés de sang, s'échappaient de la bouche grande ouverte. Foster attendit que l'écoulement se tarisse avant de relâcher le corps sur le pont et de tenter à nouveau de souffler dans les poumons.

Il essaya pendant vingt minutes et sa propre bouche saignait, lacérée par la barbe de l'Italien.

– Cet abruti ne se rasait donc jamais ? dit-il en abandonnant enfin.

Puis, avec une déférence confuse face au mystère de la mort, Foster remit le corps sur le dos et croisa approximativement les mains sur l'estomac enflé.

Il se tourna vers les Italiens, qui n'avaient pas quitté la cabine.

– Il est mort, dit-il d'une voix dure. Vous feriez mieux de le ramener.

Les hommes ne répondirent rien ; ils restaient plantés, les yeux fixés sur le corps. L'un d'eux pleurait toujours. L'autre finit par se rapprocher doucement et s'agenouiller à côté du corps. Il se signa d'un geste rapide, puis hocha la tête et se releva. Il se tourna vers Foster.

– C'était notre frère, dit-il, ses grands yeux humides lui jetant un regard désespéré.

– Navré, fit Foster, gêné. Vous feriez mieux de rentrer, on se rapproche de l'îlot.

Le bateau dérivait vers les récifs depuis qu'il avait levé l'ancre.

– Ramenez-nous, s'il vous plaît, demanda doucement l'Italien.

Foster regarda le corps, puis les deux hommes brisés sur le pont ; il haussa les épaules et se tourna vers son propre bateau.

– Je les ramène, Billy, cria-t-il. Suis-moi.

Il ouvrit la porte de la cabine, lança le démarreur, ouvrit les gaz et entendit avec satisfaction le grondement sourd de l'engin diesel. Il mit le cap loin de l'îlot, embraya et accéléra.

Les Italiens se bousculèrent pour le rejoindre dans la cabine.

– Vous feriez mieux de rester avec lui, dit Foster, mais ils se blottirent l'un contre l'autre sur le banc, sans un mot.

Foster fit demi-tour et se dirigea vers la barre de Bernadine, à trois milles de là.

La radio était restée allumée et le micro pendouillait là où les Italiens l'avaient lâché. Foster s'en empara.

– L'*Elsie* appelle la police de Bernadine, dit-il. L'*Elsie* appelle la police de Bernadine.

Une voix déformée sortit de la radio.

– Ici Rod Armstrong, Jack. Je te reçois bien. Que s'est-il passé ?

– Un type est tombé avec l'ancre, dit Foster. Décédé. Deux autres à bord que je ramène à Bernadine.

– D'accord.

À présent, comme Foster le savait, la moitié de Bernadine était sous la véranda du pub, qui surplombait la mer et l'entrée du port. Ils regarderaient le bateau rentrer, puis descendraient tous en chœur l'accueillir au port.

Le pub était au sommet de la colline, planté sur un pic rocailleux qui protégeait l'embouchure de la rivière. Une barre de sable suivait le prolongement du pic et changeait de position à chaque marée. Les lames roulaient sur la barre et les vaisseaux de pêche devaient les prendre avant de tourner abruptement dans la rivière. Ce n'était pas sorcier quand la mer était calme, comme elle l'était aujourd'hui, même si elle était plus forte que le matin, quand Foster était parti.

Il sentit la tension quitter son corps. Bill le suivait à tribord. Il distinguait un regard curieux sur le visage large et sombre de l'Aborigène.

Sans en avoir pleinement conscience, Foster fut saisi de jalousie en songeant que ces deux assommés de métèques possédaient un thonier pareil : douze mètres de long, un puissant moteur diesel, une bonne largeur et un pont spacieux. Un tel bateau pouvait contenir dix tonnes de thon, alors que l'*Elsie* était si petite qu'il était impensable de l'utiliser pour cela.

Il regarda les deux Italiens. Celui qui avait pleuré avait le visage dur et anguleux d'un soldat romain. L'autre avait des traits plus doux et de grands yeux. Les deux étaient assis, silencieux, les mains ballantes.

Ce bateau doit valoir dans les cinq mille livres, pensa Foster. Il avait payé sept cent cinquante pour le sien.

Mais où ces salopards trouvaient-ils tant de fric ?

Le bateau sortit de la zone protégée par l'îlot et se mit à se balancer légèrement. Foster repéra la barre de sable par-dessus le corps de l'Italien, à l'avant. Sa tête s'était mise à rouler sur les côtés.

– Vous feriez bien d'aller vous occuper de lui, dit Foster aux Italiens. Il faut que quelqu'un le tienne pour franchir la barre.

L'un des Italiens leva la tête, puis la hocha tristement de gauche à droite. L'autre ne bougea pas.

Foster quitta la barre, se dirigea à l'avant et saisit le cadavre par les talons. Il traîna le corps et, avec un panier de pêche, le coinça entre la cabine et la rambarde. Après avoir été traîné sur le pont, le noyé se retrouvait avec les bras derrière la tête ; Foster faillit les laisser ainsi, puis il changea d'avis et les lui recroisa sur le ventre.

Le bateau suivait le littoral rocailleux, à présent, là où l'eau bleue déferlait en blanc contre le granit noir.

Comme dans beaucoup de villages de pêche de Nouvelle-Galles du Sud, le port était situé dans un estuaire. À Bernadine, il se trouvait à près d'un kilomètre en amont. La rivière descendait du port, puis tournait à angle droit pour contourner l'intérieur de la pointe rocailleuse avant de se jeter dans la mer. Le point de rencontre des eaux douces et marines était toujours turbulent, en particulier quand la mer était agitée. À cause de ce conflit perpétuel entre les deux forces d'eau, la barre de sable changeait constamment de position.

Foster manœuvra pour placer le bateau en travers de la lame. Celui-ci se mit à rouler.

Foster jeta un coup d'œil au cadavre : le panier de pêche semblait le maintenir en place.

Il s'éloigna des lames d'une cinquantaine de mètres pour essayer de distinguer la position de la barre. La marée était basse et il ne connaissait pas le tirant d'eau du bateau. S'il tentait de traverser dans des eaux trop basses, il risquait de talonner. Mais il jugea inutile de demander quoi que ce soit aux métèques.

La mer était peu agitée, mais assez pour l'empêcher de jauger avec exactitude le niveau de la barre.

Foster s'arrêta à une cinquantaine de mètres et observa les vagues, en attendant une grosse. Puis il ouvrit les gaz et lança le bateau à son approche. Il sentit un retour de gouvernail lorsque le sommet de la vague frappa l'arrière. Il accéléra à fond. Il avait sous-estimé la vitesse de la vague et sa crête dépassa le bateau sans l'emporter. Foster décéléra, enclencha la marche arrière, puis ouvrit les gaz pour s'éloigner des vagues.

Bill était entré du premier coup, confiant et familier à la barre de leur petite chaloupe, sachant qu'elle ne tirait qu'une soixantaine de centimètres.

Foster recula davantage pour profiter de la vague suivante qu'il prit franchement. Le bateau se lança tandis que Foster maniait délicatement la barre, pour sentir la réaction du gouvernail sur la vague, tout en gardant l'avant perpendiculaire à la mer pour ne pas capoter.

Il distinguait les éclats blancs de la barre de sable dans l'eau limpide et peu profonde suivant la vague. La quille ne devait pas être loin de toucher le fond. Puis la vague se brisa de l'autre côté de la barre, et Foster put virer et remonter le courant.

L'eau verte de la rivière était forte dans le chenal. Foster aperçut le défilé des buveurs derrière les pins ; ils quittaient le pub et descendaient la colline en longeant la route et la rive. Il regarda le cadavre devant la cabine. En séchant, le sel avait creusé des lignes blanches sur son visage basané. On ne voyait que le blanc des yeux. Ses cheveux bruns et humides lui couvraient le front.

Foster accosta alors qu'arrivaient les premiers curieux.

Un son étrange, tendre et fluet, s'éleva au-dessus des cris de mouettes, des tourbillons d'eau et des voix : Mick le Maboul suivait la foule jusqu'au quai ; il ébauchait des petits pas de danse au son de sa flûte. Mick le Maboul vivait des pièces jetées par les clients du pub et passait des journées entières à jouer de la flûte et à observer un drôle de monde à travers ses cheveux emmêlés qui tombaient sur ses yeux fous, jusqu'à son nez tordu.

Alors que Foster amarrait la proue, les deux Italiens s'animèrent subitement. Ils sortirent de la cabine comme des bolides et bondirent sur le quai. Puis ils retombèrent dans l'apathie et restèrent plantés là en attendant que quelqu'un fasse quelque chose.

Le policier, Rod Armstrong, monta à bord, tandis que Foster amarrait l'arrière. Il s'agenouilla à côté du cadavre et l'inspecta brièvement.

– Il est tout ce qu'y a de plus mort, dit-il à Foster.

– Le pauvre bougre a dû rester sous l'eau près d'une demi-heure.

– Qu'est-ce qui s'est passé ? demanda Armstrong en faisant signe à des ambulanciers qui attendaient de transporter le corps sur un brancard.

– J'suis pas sûr. Il est tombé à l'eau avec l'ancre. La chaîne devait être enroulée et il avait le pied en plein milieu. Elle s'est probablement resserrée autour de sa jambe et l'a entraîné par-dessus bord.

– Et les autres n'ont pas pu le remonter ?

– Ils seraient même pas foutus de déboucher une bouteille, dit Foster. Et puis, ils ont paniqué. C'est un miracle qu'ils n'aient pas coupé la chaîne en le laissant au fond.

– Qu'est-ce que tu as fait, toi ?

– Je l'ai juste remonté, puis j'ai essayé de lui faire le bouche-à-bouche. Infect ! Il s'était pas rasé de la semaine.

Le regard d'Armstrong se posa sur les Italiens. Rejoints par trois ou quatre de leurs compatriotes, ils donnaient des explications volubiles. Les habitants de la ville les entouraient, écoutant impassiblement leur langue étrangère. Ils les dévisageaient sans vergogne : la tragédie les intéressait. La plupart étaient d'anciens pêcheurs et les nouvelles de la mer ne manquaient jamais de les fasciner. Foster parcourut rapidement leurs visages, hébétés et vides d'expression, s'ingérant sans le moindre tact dans le chagrin des Italiens. Son regard ne s'attarda pas car leur attitude n'avait rien de particulier ; il n'avait rien attendu d'autre de leur part. Il était des leurs.

– J'imagine qu'il a dû tomber accidentellement, dit Armstrong. Je veux dire, ils lui auraient pas attaché l'ancre autour de la jambe et balancé le tout à la mer ?

– Non, dit Foster.

Il ne savait pas pourquoi il en était certain, mais il en était certain.

Il chercha des yeux son propre bateau et le vit disparaître dans le deuxième coude de la rivière. Bill se dirigeait vers leur quai. Il n'aimait pas les foules.

– Je viendrai te voir plus tard, dit Armstrong. Je vais essayer de comprendre ce que racontent les métèques.

2

En fin d'après-midi, Armstrong passa chez Foster, qui vivait dans une maison préfabriquée de quatre pièces. Les deux hommes s'installèrent sous la petite véranda en bois surplombant la rivière. Celle-ci serpentait en violet jusqu'au ressac blanc des vagues sur la barre de sable, au bord des sombres profondeurs de l'océan Pacifique.

Installé devant une bière, Armstrong écouta Foster lui raconter les événements en prenant des notes.

– Le coroner voudra te faire témoigner, tu sais, dit Armstrong quand ils eurent fini.

– Je sais, dit Foster.

Il avait assisté à cinq ou six noyades au fil des ans et connaissait bien les complications juridiques accompagnant les décès accidentels.

Armstrong rangea soigneusement son carnet dans la poche de sa chemise et reboutonna la patte.

– Tu sais que ça fait le quatrième métèque qui se noie ici ces trois dernières années.

– Tu parles d'une équipe de bras cassés, dit Foster avec autorité, ignorant le fait que, pendant la même période, quatre fois plus de « Blancs » avaient sans doute péri ainsi.

– Évidemment, expliqua Armstrong d'un ton pompeux, leur problème, c'est qu'ils sont habitués à pêcher en Méditerranée ; c'est complètement différent d'ici. T'y es jamais allé, toi, là-bas, Jack ?

– Non, répondit Foster en se penchant pour prendre la bouteille et resservir Armstrong.

– J'y ai navigué deux fois pendant la guerre : on dirait un grand lac. Faudrait vraiment en vouloir pour chavirer. Alors ces andouilles, ils viennent ici en pensant qu'ils sont capables de naviguer là-dessus...

Armstrong fit un geste vers les sombres étendues océanes à l'horizon.

Il ne traversa l'esprit d'aucun des deux hommes que la situation d'un marin précipité par-dessus bord, la jambe coincée dans une chaîne d'ancre, est sensiblement la même dans le Pacifique ou en Méditerranée.

– En plus de ça, ils pêchent que du fretin, reprit Armstrong. J'ai vu des centaines de métèques dans le port de Messine, ils attrapent des sardines dont tu voudrais même pas comme appâts et en plus de ça, ils ont de sacrées cannes, énormes.

– C'est où, Messine ?

– En Sicile, une petite île sous l'Italie.

Les voyages qu'avait effectués Armstrong pendant la guerre lui avaient donné des connaissances géographiques supérieures à celles de la moyenne des habitants d'une ville de pêcheurs du littoral sud. Il savait que les métèques venaient du nord de la Méditerranée. Au sud, les habitants s'appelaient des « bougnouls ».

– J'arrive même pas à croire que certains se risquent à pêcher au large, poursuivit Armstrong. Ça ne leur plaît pas, tu sais. C'est pour ça qu'y en avait tant qui pêchaient dans le port de Sydney. Ah, on a eu tout un tas de problèmes avec eux. J'étais dans la police maritime, là-bas, tu sais.

– Ils ont pris jusqu'au dernier poisson, j'imagine...

– S'il y avait que les poissons... Ces salopards ont même ratissé les méduses. Ils pêchaient tout ce qui vivait.

Il réfléchit un instant avant d'ajouter mystérieusement :

– Et sans doute plein d'autres trucs qui vivaient pas.

Les deux hommes burent leur bière en silence quelques instants.

– En fait, reprit Armstrong, ces salopards se croyaient tout permis. Ils posaient des filets dans Middle Harbour. Ils les posaient toutes les nuits et passaient les eaux du port au peigne fin, je te le dis. C'était légal, à l'époque, alors on pouvait rien faire pour les arrêter, mais ça gâchait tout.

« Tiens, y avait un vieux qui habitait au bord de l'eau. Depuis toujours, il avait deux ou trois nasses qui lui donnaient quelques poissons pour son petit déjeuner. Bon, après quelques mois du manège des métèques qui ratissaient le port, ce vieux – Charley Jones, qu'il s'appelait – s'est aperçu qu'il prenait plus rien dans ses nasses. Mais rien de rien : c'étaient les métèques qui ramassaient tout. Ça a commencé à lui chauffer les oreilles, alors Charley a décidé de régler leur compte à ces salauds : il est allé au dépotoir du coin, il a ramené tout un tas d'ordures et de ferraille, et il a tout jeté à l'endroit où les métèques avaient l'habitude de pêcher.

« Bon, le lendemain matin, les métèques sont arrivés – deux bateaux qu'ils avaient avec le filet tendu entre eux – et ils ont commencé à ratisser... Évidemment, ils sont tombés sur la ferraille du vieux Charley et ils ont retrouvé leurs filets en lambeaux. Ça a dû leur coûter un sacré paquet de pognon.

Foster approuva d'un éclat de rire et remplit à nouveau le verre d'Armstrong.

– Ouais, mais attends, c'est pas tout, tu connais pas le plus beau. Le vieux Charley était tellement content de lui qu'il est allé voir les métèques pour se vanter d'avoir lui-même jeté la ferraille et leur dire que c'était bien fait pour leur gueule. Mais comme c'est illégal de balancer de la ferraille dans le port, les métèques sont allés le dénoncer et le vieux Charley a eu une amende. Et devine qui a dû aller la porter ? Ma pomme.

Foster rit.

– Enfin, tout ça pour te dire un peu comment sont ces métèques. Tiens, au fait, les deux dont le frère s'est noyé aujourd'hui veulent vendre leur thonier.

– Pourquoi ?

– Ils doivent vouloir s'en débarrasser parce qu'il a tué leur frère.

– Quelle bande d'abrutis !

– J'ai l'impression qu'ils s'attendent à ce que je m'occupe de la vente, dit Armstrong. Je sais pas pourquoi. On dirait toujours qu'ils s'attendent à ce qu'on fasse tout pour eux. Cela dit, c'est une sacrée bonne affaire ; ils n'en demandent que trois mille cinq cents.

– Sacrée bonne affaire, reconnut Foster. Pourquoi ?

– J'sais pas. Je crois qu'ils ont vraiment la trouille de refoutre le pied dessus. Ils veulent sans doute s'en débarrasser au plus vite pour repartir en Italie.

– Bon sang, j'aimerais bien l'acheter, moi, dit Foster. Y a de quoi bien gagner sa vie avec un bateau comme ça.

*
* *

– Y a de quoi sacrément bien gagner sa vie avec un bateau comme ça, dit Foster à sa femme à l'heure du dîner.

Son épouse, une brune mince et nerveuse, s'approcha de la cuisinière pour verser l'eau de la bouilloire dans la théière.

– Tu ne pourras jamais rassembler tant d'argent.

– Je sais pas, en tout cas je vais peut-être aller en toucher un mot à Charlie, demain.

– T'as déjà des dettes jusqu'au cou, à la banque. Vous avez fait vos devoirs ? ajouta-t-elle à l'intention des deux garçonnets qui trempaient un morceau de pain beurré dans la sauce tomate de leur assiette.

Ils l'assurèrent que les devoirs étaient finis.

– De toute façon, quelle idée d'aller emprunter encore de l'argent pour acheter un bateau ? Tu ne dois rien sur le tien.

– Et j'ai de la chance quand je réussis à en tirer vingt-cinq livres par semaine. Si j'avais le bateau des métèques, je pourrais me lancer dans le thon. Nom de Dieu, tu sais qu'on peut se faire cinq mille livres par saison dans le thon !

– On s'en sort bien comme ça, dit la femme.

– On s'en sort bien ! Tu parles, à soixante ans, j'aurai pas encore remboursé ce qu'on doit pour cette bicoque, dit-il en montrant d'un geste la petite cuisine. La belle affaire ! Si une équipe de bras cassés métèques peut avoir un bateau comme ça, pourquoi pas moi ?

– Va donc regarder la télévision, lui dit son épouse.

– Je vais plutôt aller faire un tour.

*
* *

Foster descendit la colline, vers la rue principale de Bernadine. Il passa devant les petites maisons carrées, en bois et fibrociment, devant la lueur bleue des écrans de télévision qui vacillait à travers toutes les fenêtres.

Dans le calme de la nuit, il entendait le dialogue aux accents américains avec ce ton télévisé, inhumain et familier. La plupart des postes étaient branchés sur le même programme et le dialogue, prenant ou perdant de l'ampleur au gré des maisons, le suivit tout au long de la rue.

« – Voulez-vous dire que vous allez devoir l'opérer, docteur ?
– Oui, madame Vanders. Mais ne vous inquiétez pas, une opération... »

Foster marchait sans écouter. C'était seulement les bruits de fond nocturnes de Bernadine, avec en plus le rugissement continu et noir des vagues sur la barre. Parmi les couleurs nocturnes : le noir du ciel, le néon rouge du café de Nick le Grec dans la rue principale, l'éclat blanc des étoiles, les lueurs bleues des écrans de télévision, les ombres profondes des maisons, le flou blanc de la route, du sable et de l'écume, et le trait aveuglant projeté par le phare, à cinq kilomètres en mer.

« – Mais, docteur, j'ai peur. – Vous n'avez aucune peur à avoir, madame Vanders. La médecine moderne... »

Le cri d'un oiseau nocturne, le bourdonnement d'une voiture, les pas étouffés de Foster sur la route ensablée.

Il passa devant la maison où il avait grandi. Une bicoque de fibrociment presque identique à celle où il vivait maintenant, presque identique à la moitié des maisons de la ville.

Foster s'arrêta. La maison était plongée dans l'obscurité, à l'exception d'une lumière à l'arrière. Sa mère était morte dans cette maison. Le vieux Johnny Armstrong et sa femme habitaient ici, maintenant.

Dans le jardin, derrière la palissade, il y avait un massif d'hortensias. La mère de Foster les avait plantés. C'était après la mort de son père. Foster reprit sa route vers la rue principale.

« – Madame Vanders, vous savez que vous pouvez me faire confiance. Vous le savez, n'est-ce pas ? – Oui, docteur. Je ne sais pas pourquoi, mais je le sais. »

3

– Je ne vais pas pêcher aujourd'hui, dit Foster. Je conduirai les gamins à l'école.

– Qu'est-ce que tu comptes faire ? lui demanda sa femme.

– J'ai quelques affaires à régler en ville.

– Tu penses encore à ce bateau ?

– J'y pense, oui.

– En tout cas, ne fais pas n'importe quoi.

– Mais non.

Foster sortit et démarra la Holden. Il appuya sur le klaxon pour en tirer un « ti-pi-di-pi-di-pom-pom » et appeler les garçons. Comment diable Katey savait-elle qu'il allait voir le bateau ? De toute façon, il n'y avait pas de poisson. Autant passer la journée en ville.

Les garçons se ruèrent dans le pick-up et s'installèrent à l'arrière. Foster prit la route de l'école.

De toute façon, les métèques refuseraient sans doute de vendre pour trois mille cinq cents. Bon sang, ils se feraient piétiner par la foule s'ils mettaient une annonce à ce prix ! Armstrong avait dû se tromper, ou alors ils changeraient d'avis dès qu'ils auraient eu le temps de réfléchir. Mais ça valait quand même le coup d'aller jeter un coup d'œil.

Les enfants descendirent. Ils avaient cette expression étrangement calme qui s'affichait toujours sur leur visage quand ils franchissaient le portail de l'école.

– Salut, les gars. À cet après-midi.

– Salut.

Foster descendit jusqu'à son bateau. Bill était en train de bricoler le moteur.

– On sort pas aujourd'hui ? demanda-t-il.

– Vas-y, toi, va voir si tu peux ramener quelques *flatheads*. J'ai une ou deux courses à faire en ville.

– D'accord. On a besoin de changer les bougies.

– J'en achèterai, dit Foster.

– Et c'est le jour de paie.

– Je m'en occupe aussi.

Il ne versait que cinq livres par semaine à son employé aborigène. C'était la base de leur partenariat. Il n'aurait pas pu lui verser un salaire normal. Bill dormait sur le bateau et se nourrissait essentiellement de poisson, il n'avait pas besoin de plus de cinq livres. Il préférait la pêche à un travail plus physique ou à un boulot en usine.

Foster se rendit au poste de police. Ce n'était qu'un bungalow en bois qui servait aussi d'habitation à Rod Armstrong.

– Salut, Rod, lui dit Foster. Les métèques du bateau sont encore en ville ?

– Oui, les obsèques sont prévues après-demain. Ils sont descendus à l'hôtel du pub.

– Ils y sont ?

– Je crois pas, ils ont passé la journée d'hier dans le port à regarder leur précieux bateau. Ils essaient toujours de le vendre. T'as l'intention de l'acheter ?

– Ça me déplairait pas. T'es sûr qu'ils ont bien dit trois et demi ?

– C'est ce qu'ils ont dit.

*
* *

Les Italiens étaient assis sur le quai en compagnie d'un autre homme au teint assez basané pour que Foster en fasse un métèque.

Les deux frères le regardèrent d'un air méfiant, puis le saluèrent quand ils le reconnurent.

– Salut, dit-il. Il paraît que vous vendez le bateau.

– Oui, dit l'un des Italiens. Vous voulez l'acheter ?

– C'est possible. Je peux jeter un coup d'œil ?

Foster inspecta attentivement le thonier et remarqua avec une certaine répugnance que le cordage qu'il avait sectionné était posé n'importe comment sur le pont, exactement comme il l'avait laissé la veille.

C'était un bon bateau. Douze mètres de long, quatre de large et il devait avoir un bon mètre trente de tirant d'eau.

Il souleva une trappe à l'arrière et inspecta la cale. Elle était déjà équipée pour le thon et un porte-cannes était fixé au dos de la cabine.

Foster entra dans la cabine et brancha le sonar. Un appareil japonais, remarqua-t-il, qui valait au bas mot deux cents livres.

Il manœuvra négligemment le gouvernail et, à travers la vitre, inspecta le bossoir, large et solidement construit. Le bateau était armé pour le thon et l'on était au mois de septembre. Les énormes bancs ne tarderaient pas à s'approcher. Avec un peu de chance, il était possible de gagner cinq mille livres en une saison.

Foster redescendit sur le quai et inspecta l'extérieur. Sur une plaque de bois fixée devant, à bâbord, l'inscription « Santa Maria » était tracée à la peinture blanche. Quel nom de merde pour un bateau, se dit Foster.

– Vous avez le certificat de conformité maritime ? demanda-t-il aux Italiens.

Ils le dévisagèrent sans comprendre.

– Vous savez, les papiers du bateau.

L'un des Italiens sortit un portefeuille, fouilla quelques instants, puis tendit le certificat de conformité en bonne et due forme.

Il n'expirait que dans cinq mois. Le bateau devait être en bon état. Les éventuelles réparations ne s'élèveraient pas à plus de deux cents livres.

– Combien vous en voulez ?

– C'est un très bon bateau, dit le plus doux des Italiens.

– Combien vous en voulez ?

– Trois mille sept cent cinquante. C'est pas cher ; il vaut plus de cinq mille livres.

Foster regarda le bateau.

– Je pourrais peut-être vous en donner trois mille.

La voix de l'Italien se fit plus aiguë.

– Non, non. C'est un très bon bateau. C'est donné à trois mille sept cent cinquante.

– Trois mille, dit Foster.

– Je vous dis, je fais bon prix pour vous, trois mille cinq.

– Écoutez, vous voulez le vendre, ce bateau, oui ou non ?

– On vend le bateau. Mais trois mille cinq c'est donné. Très bon prix.

– Bon, je peux peut-être aller jusqu'à trois mille deux cent cinquante, mais c'est tout.

La voix de l'Italien continua à s'élever.

– Non, hurla-t-il. C'est pas assez.

– Tant pis, dit Foster en tournant les talons. Vous pouvez vous le mettre où je pense.

L'Italien le rejoignit avant qu'il ne soit arrivé au pick-up.

– Réfléchissez et revenez. C'est une bonne affaire.

– Non, dit Foster.

– Trois mille quatre cents, dit l'Italien, pour faire affaire.

– Je repasserai. Vous resterez ici toute la matinée ?

– On vous attendra.

Foster jeta un dernier regard au bateau en s'en allant. Dommage qu'il porte ce nom de métèque. Mais il ne le changerait pas. On ne change jamais un nom de bateau, ça porte malheur. À quatre mille livres, ce bateau serait encore donné. La banque ne pouvait pas refuser de lui prêter de l'argent sur une telle occasion.

*
* *

– Tu sais, Jack, ta proposition n'est pas vraiment adaptée à une banque.

– Pourquoi ? Je pourrais sans doute tout rembourser dans l'année.

– Je sais, tu le pourrais sans doute, dit le directeur de la banque. Mais ce n'est pas le genre d'initiative que soutient notre institution.

Les phrases vides coulaient avec aisance de son fin visage d'employé de bureau.

– Je pourrais sans doute t'aider un petit peu.

– Combien ?

– Je ne sais pas, nous allons regarder. Si nous réunissons les fonds nécessaires à l'acompte, tu pourras sans doute emprunter le reste à une société de crédit. Joe Lang pourrait s'en occuper. Je peux l'appeler si tu veux.

Le banquier composa le numéro, Jack attendit.

– Ah, Joe, Charlie à l'appareil. Nous avons un client qui voudrait acheter un bateau. Est-ce que tu serais en mesure de l'aider ? C'est Jack Foster. Il veut acheter le bateau italien, c'est une bonne affaire. Mais si, tu sais, le gars qui s'est noyé hier... Eh bien, ils en veulent autour de trois mille cinq cents, il lui faut combien ?

Le directeur prit quelques notes sur un carnet.

– À quel taux ? Et les conditions ? Assurance ? D'accord, Joe. Je vais voir ce que je peux faire de mon côté, puis je te l'envoie.

Le directeur se tourna vers Foster.

– Alors, voyons ce qu'on peut faire pour toi, maintenant. Joe peut te prêter mille livres, remboursables en trois ans. Bon, tu dois bien avoir quelques sous de côté ?

– Autour de sept cent cinquante.

– Et tu sais combien tu dois sur ta maison ?

– Quinze cents.

– Elle vaut autour de deux mille sept cent cinquante, il me semble ?

– Dans ces eaux-là.

– Eh oui, dit le directeur. Là, tu vois, nous sommes un peu bloqués au niveau de la banque. Nous n'aimons pas prêter des sommes supérieures à la moitié de la valeur de la propriété, mais bon, mettons que nous puissions aller jusqu'à quatre cents. Ça te fait un total de onze cent cinquante. Il te manque encore autour de mille, non ? Ça risque d'être dur, Jack.

– Je suis propriétaire de mon bateau, aussi.

– Ah oui, c'est vrai, bien sûr. Bien. Combien vaut-il à ton avis, dans les sept ou huit cents ?

– Je crois que oui.

– Eh bien, nous y sommes presque. Tu risques d'être un peu à court de liquide. Mais va donc voir Joe, peut-être qu'il pourra faire un petit effort, te prêter cinq cents de plus.

– J'ai mon pick-up aussi, dit Foster. Je peux l'hypothéquer ?

– Pas chez nous, mais Joe pourra peut-être t'en donner quelques livres.

– Bon, je devrais bien y arriver, d'une manière ou d'une autre, tu ne crois pas ?

– Tu devrais y arriver, renvoya prudemment le directeur, mais tu vas te retrouver vraiment à sec. Ce n'est pas très prudent, tu sais, de s'endetter autant.

– Bon, est-ce que tu peux m'avancer l'argent une semaine ou deux pour que je puisse traiter avec les métèques et on réglera le tout ensuite ?

Le banquier se mit à rire.

– Bon sang, Jack, comme tu y vas, tu veux me faire virer ? Ce n'est pas le genre de transaction qu'une banque peut se permettre. Je ferai ce que je peux sur la seconde hypothèque, mais c'est tout ce que je peux te promettre. Et encore, tu devras pour cela avoir bien amorcé les remboursements dans un semestre. Va donc voir ce que Joe peut faire pour toi et s'il peut t'avancer l'acompte.

*
* *

– Hors de question, lui dit Joe. C'est contraire au règlement de notre société. Je suis navré, Jack, si je pouvais t'aider, je le ferais avec plaisir.

– Bon, mettons-nous bien d'accord, dit Foster. Si j'arrive à rassembler deux mille quatre cents, tu peux me prêter le reste, c'est ça ?

– Bien sûr. À condition que le bateau soit évalué comme nous le pensons ; et ça sera le cas, je l'ai vu de mes yeux.

– Et pour les remboursements ?

– Sur trois ans. À un taux d'intérêt de douze pour cent, tes échéances seront de... voyons voir... trente-sept livres par mois. Il faut rajouter l'assurance, tu dois au minimum l'assurer pour ce que tu nous dois : quarante-cinq livres par an. Mais tu devrais vraiment l'assurer pour sa valeur totale, ce qui te ferait dans les cent cinquante par an.

Les chiffres roulaient rapidement et facilement des grosses lèvres affables de Joe.

– Je dois payer l'assurance en liquide aussi ? demanda Foster.

– Non, à ce niveau-là, on peut s'arranger.

– Et le pick-up, je peux l'hypothéquer ?

– C'est un Holden, non ? Quelle année ?

– Cinquante-quatre.

– Ah, non. Désolé, Jack, on ne prête rien sur les véhicules de plus de dix ans.

À l'entendre, on aurait cru qu'il s'agissait d'une question d'éthique.

– Pour résumer, j'emprunte deux mille quatre cents et je rembourse autour de cinquante livres par mois, sur une période de cinq ans.

– C'est à peu près ça, Jack.

– Pas vraiment des conditions rêvées...

– C'est une affaire de point de vue. Les bateaux de pêche ne mènent pas toujours à des affaires florissantes... si ? La plupart du temps, ils se détériorent rapidement. Il faut que tu voies les choses comme ça : notre argent te donne une chance de te lancer dans le thon. Mettons que je te prête l'argent demain, si ça se trouve, tu viendras me rembourser le tout une semaine plus tard. Et si c'est le cas, on pourra te faire un rabais sur les intérêts.

– D'accord, dit Foster. Si je rassemble deux mille quatre cents, je peux acheter.

– Je pense que oui, sans aucun doute. Essaie de voir si tu peux vendre ton bateau. Tiens, d'ailleurs, je peux te dire qui en cherche un en ce moment : Dick Briggs. Il cherche quelque chose dans le genre du tien. Voyons voir, il est près de midi, t'es sûr de le trouver au pub. Va donc lui en toucher un mot, et dis-lui qu'on peut lui prêter la moitié de l'argent.

– Pourquoi tu peux lui prêter la moitié et pas à moi ?

– On a un plafond de mille livres en ce moment, Jack. Décision de la société ; on a les poings liés.

– Je te passerai un coup de fil quand j'aurai vu Dick.

*
* *

Briggs était au comptoir du bar, sous la tête de l'énorme poisson épieu pêché par un touriste vingt ans auparavant.

– Salut, Dick.

– Jack.

– Comment va la pêche aux ormeaux ?

Briggs pêchait l'ormeau. Il partait avec un autre type dans un hors-bord de cinq mètres de long et plongeait dans six mètres d'eau quand la mer était assez calme. Ils écaillaient les ormeaux entre deux plongeons, les salaient, puis les envoyaient dans une conserverie de Sydney. Ils pouvaient se faire jusqu'à quarante livres à eux deux s'ils avaient une bonne journée, mais les bonnes journées étaient plutôt rares.

– On en trouve bien quelques-uns, répondit Briggs.

Foster commanda une bière.

– Je viens de voir Joe Lang. Il m'a dit que tu cherchais un nouveau bateau.

Foster sentit un léger raidissement chez son compagnon.

– Oui, j'y pense, dit-il d'un ton détaché. J'en ai ras le bol de plonger. J'aimerais bien faire un peu de pêche, si j'arrive à trouver un bateau en état et pas trop cher.

– Je vends le mien. Si je peux en tirer un prix raisonnable.

– Combien, Jack ?

– Je crois que je peux en tirer sept cent cinquante.

Briggs vida son verre de bière d'un trait.

– T'en bois une autre, Jack ?

– Oui, merci.

Le barman tira la bière.

– T'es pas allé pêcher aujourd'hui ?

– J'avais à faire en ville.

– Y a pas grand-chose qui mord, de toute façon, ajouta le barman.

– Je serais peut-être intéressé par ton bateau à sept cent cinquante, Jack, dit Briggs. Mais je dois emprunter. Qu'est-ce que tu dirais d'un acompte de quatre cents ?

– Joe dit qu'il est prêt à te prêter la moitié. T'as pas besoin de verser autant pour l'acompte.

– Quel bateau t'achètes ?

– J'suis pas encore sûr, mais je cherche quelque chose de plus gros.

– Il paraît que le bateau des métèques est à vendre.

– Ouais, mais il est pas donné.

Briggs regarda pensivement les motifs humides du comptoir.

– Tu me laisses la radio ?

– Oui, je te le vends dans l'état. Tu peux le prendre demain, si tu veux.

Briggs réfléchit un peu plus longuement.

– Bon, d'accord. Marché conclu ! Si je peux emprunter la moitié à Joe, je te l'achète.

Ils conclurent par une poignée de main, puis Foster paya la deuxième tournée.

– Tu connais pas quelqu'un qui veut acheter un pick-up ?

– Tu quittes pas la ville, Jack ?

– Non, je me réorganise un peu, c'est tout. Comment il s'appelle, ce concessionnaire de Yananbol ?

– J'en sais rien, mais c'est pas en passant par un concessionnaire que t'en tireras un bon prix.

*
* *

– Non, je ne peux pas l'acheter, lui dit le concessionnaire. On n'arrive plus à se débarrasser de ce genre de produit. Mais je peux vous faire un bon prix sur une reprise.

– Non, il me faut du liquide, répondit Foster.

– Je pourrais vous faire des conditions. Comme ça, vous auriez du liquide.

– Comment ça ?

– Eh bien, supposons que vous achetiez cette Bedford, là-bas. Je peux reprendre votre Holden pour... disons trois cent cinquante, je vous laisse la Bedford pour un acompte de cent livres, ce qui fait que je peux vous rendre deux cent cinquante en liquide.

– Et combien je dois sur la Bedford après ça ?

– Je ne sais pas, il faut que je le calcule. Mais ça ferait sans doute dans les six livres par semaine.

Le concessionnaire haussa les épaules, comme si six livres par semaine représentaient une somme complètement négligeable.

Foster inspecta la Bedford de fond en comble. Elle n'était pas en meilleur état que son propre pick-up, mais elle valait deux fois plus.

– Je vais réfléchir, dit-il au concessionnaire, je reviendrai dans une demi-heure.

– Prenez votre temps.

Foster se rendit dans l'inévitable petit restau grec des villes de campagne australiennes et, sans porter de jugement, avala l'incontournable steak avec des œufs gras et des frites, qu'il fit descendre avec le fluide laiteux que les Grecs tentent de faire passer pour du café.

Il fit quelques calculs avec un bout de crayon sur le bord du journal. Il avait sept cent cinquante livres en liquide et la vente de son bateau lui rapporterait encore sept cent cinquante. L'affaire était assurément conclue avec Briggs, il le connaissait. Charlie, le banquier, lui donnerait au moins quatre cents, ça faisait déjà mille neuf cents livres. S'il prenait la Bedford, il aurait deux cent cinquante de plus en liquide, ça faisait deux mille cent cinquante. Les métèques consentiraient peut-être à lui faire une ristourne de quelques livres, à moins qu'il ne réussisse à convaincre Charlie d'avancer un peu plus. Il se faisait arnaquer avec la Bedford, mais au moins, ça lui permettait d'avoir du liquide.

Il allait se retrouver complètement sur la paille, avec des remboursements de dix-huit livres par semaine sur la voiture et sur le bateau, auxquels il devait ajouter les quatre livres hebdomadaires sur la maison. C'était un sacré risque à prendre, mais la saison du thon commençait juste et, sur cette côte, pas un bateau ne récoltait moins de trois mille livres pendant ces quelques mois.

Une seule saison et il pouvait s'en tirer. Il froissa le journal et observa le garage, juste en face. Le concessionnaire, gros et affable, parlait à un jeune en moto. Il vaudrait mieux attendre et vendre la voiture que de s'engager dans cette affaire, pensa Foster. Mais si les métèques voulaient vraiment se débarrasser de leur bateau, à ce prix-là, il ne ferait pas long feu. Tous les pêcheurs du littoral rêvaient d'un tel bateau, car il permettait de ramener beaucoup d'argent pendant la saison du thon : au moins trois ou quatre mille livres. Foster pourrait faire construire une maison convenable – comme celles qu'on voit dans les grandes ou petites villes – une maison avec trois chambres et deux salons ; les garçons pourraient avoir une chambre chacun. Il avait eu sa propre chambre quand il était gamin, mais il était fils unique. Ses parents avaient occupé l'autre chambre – jusqu'à ce que son père les quitte. Foster sourit avec amertume. Pourquoi n'arrêtait-il pas de penser à son père ces derniers temps ? C'était sans doute à cause de cette saloperie d'argent. En tout cas, ce n'était pas la pêche au *flathead* et au vivaneau qui allait l'enrichir.

Foster but d'un trait le fond laiteux de son café, régla l'addition et traversa la route.

– C'est d'accord, dit-il, allons remplir les papiers.

Il voulait rentrer à temps pour revoir les Italiens dans l'après-midi.

*
* *

Un inconnu se trouvait avec eux, sur le quai. Foster l'aurait distingué des autres en le qualifiant de « Blanc ». Il était en grande conversation avec les Italiens ; l'un d'eux s'éloigna du groupe en voyant Foster.

Il lui demanda avec un grand sourire :

– Vous achetez, hein ?

– J'achète. À trois mille deux cent cinquante.

– Ah, dit l'Italien. Nous avons un acheteur à trois mille trois cents. Mais nous vous le vendrons pour trois mille quatre.

Foster jeta un coup d'œil à l'inconnu. On aurait bien dit un pêcheur. L'Italien semblait sûr de lui : l'autre homme était sans doute prêt à acheter. Si c'était le cas, s'il avait l'argent et un gramme de bon sens, il pousserait jusqu'à trois mille quatre cents.

Foster prit le temps de réfléchir, le regard fixé sur le bateau qui tirait sur les amarres dans le fort courant vert. Il posait déjà sur lui un regard de propriétaire. Qui était donc cet autre salopard ? Foster était déchiré entre la prudence et la tentation. S'il laissait passer sa chance, il lui faudrait attendre au moins quatre ans avant d'avoir économisé assez pour acheter un thonier. Ça ne se trouvait pas comme ça, un thonier en dessous de cinq mille. Bon sang, s'il avait ce bateau ! Il pourrait gagner douze mille livres pendant ces quatre années-là. Mais il lui manquait encore deux cent cinquante livres pour avoir le compte. Et merde, Charlie lui filerait un coup de main. Il serait bien obligé. Ou alors, Foster emprunterait à droite et à gauche. Il regarda à nouveau le bateau. *Santa Maria*. Quel nom à la con ! Mais c'était un beau bateau. Il ne devait pas y avoir grand-chose qui clochait ; rien à quoi on ne pourrait remédier avec deux ou trois cents livres. Ce n'était pas si risqué. Le prêt de la société de Dick Briggs allait être payé. Se tournant à nouveau vers la *Santa Maria*, qui se dressait fièrement à quai, Foster se sentit perdu.

– D'accord, dit-il d'une voix blanche. Je vous en donne trois mille quatre. Je vous donnerai deux mille quatre cents maintenant et le reste dans une semaine.

Ça lui donnerait le temps de récupérer l'argent de la société de crédit. Si la banque refusait de faire un effort, il se débrouillerait autrement. Même s'il devait vendre la Bedford, et payer des pénalités, il trouverait l'argent.

– Marché conclu ? demanda-t-il.

L'Italien rejoignit son frère et lui fit un discours animé, en italien.

L'inconnu s'éloigna et alla observer le bateau au bout du quai.

L'Italien revint :

– On va régler chez le notaire maintenant ?

– Si vous voulez, renvoya Foster, avec un mélange de mépris et d'effroi pour la situation dans laquelle il s'était fourré.

Il donna rendez-vous aux Italiens dans le cabinet du notaire de leur choix, situé dans une petite ville côtière à une vingtaine de kilomètres de là, puis retourna à la banque pour dire à Charlie où il en était.

*
* *

– Tu m'as mis dans une situation très délicate, Jack, lui dit le directeur de banque. Tu me mets le couteau sous la gorge, tu ne crois pas ?

– Il n'y en a que pour deux cent cinquante de plus, dit Foster. Tu m'avais promis quatre cents.

– Oui, mais tu vas aller signer un chèque de deux mille quatre cents livres, alors que tu n'as même pas touché l'argent de la vente de ton bateau.

– Joe m'a dit qu'il réglerait ça en vingt-quatre heures. L'argent sera sur mon compte avant que le chèque soit présenté.

Le directeur financier jeta un regard inquiet sur son bureau.

– Ça veut dire que la banque va placer une deuxième hypothèque de six cents livres sur ta maison.

– C'est pas un problème. Je ne dois plus que quinze cents livres.

– Ce n'est pas la question, Jack. De tels prêts ne relèvent pas d'une bonne pratique financière. La banque y est opposée.

Mais qu'est-ce qu'il baragouine, songea Foster, ça représente que dalle pour une banque.

– Je vais appeler Joe et m'assurer que tout est en règle de son côté.

Foster savait que c'était le cas et attendit, impassible, que le banquier appelle la société de crédit, où Joe lui confirma qu'il allait envoyer le chèque pour le bateau qu'avait vendu Foster et qu'il allait partiellement financer l'achat du bateau des Italiens.

– D'accord, Jack, dit le banquier. Je risque de m'attirer des ennuis, mais je me porterai garant de ton chèque. Je vais t'avancer les deux cent cinquante qu'il te manque pour faire le compte, mais tu ne t'es pas laissé une grande marge d'action, et je te préviens, ne reviens pas me voir pour un autre prêt, je n'irai pas plus loin.

– Merci, Charlie. Connais-tu un certain Anderson, notaire à Landalar ?

– Oui, je le connais bien. Il fait beaucoup d'affaires avec les Italiens.

– Digne de confiance ?

– Tout à fait, c'est quelqu'un de très bien, d'après ce que j'en sais. Tu n'as pas à t'inquiéter à son sujet, Jack.

Le banquier se leva et lui serra la main, un sourire désabusé aux lèvres.

– Bon, Jack, tu as ton bateau et je te souhaite une bonne saison. Je parie que tu vas tout droit chez le notaire, maintenant.

*
* *

– Eh bien, dit le notaire, en tapotant les quelques cheveux qui lui restaient sur le crâne. Si je comprends bien, vous voulez que je vous prépare un contrat. Ce qui veut dire que vous (dit-il en montrant Foster de la tête), vous allez vous engager par contrat à acheter le bateau, à verser deux mille quatre cents livres maintenant et à régler le solde dans une semaine, lorsque vous toucherez l'argent de votre emprunt. C'est bien cela ?

– Oui, répondit Foster.

Le notaire se carra dans sa chaise.

– Je dois souligner que les clauses de ce contrat stipulent que, si vous ne pouvez pas vous plier aux conditions que je viens de vous citer, les vendeurs – en l'occurrence, nos amis italiens ici présents – seront en droit de vous forcer à le respecter. C'est-à-dire qu'ils pourront vous réclamer le solde de mille livres, sinon vous perdrez l'acompte déjà versé. Est-ce que vous comprenez bien ?

– Oui, dit Foster.

– Ne serait-il pas plus prudent d'attendre l'obtention de l'emprunt de la société de crédit ?

– Je préférerais, mais qu'en pensent-ils, eux ?

Il fit un signe de tête vers les deux Italiens assis à ses côtés, l'air sombre.

– Excusez-moi, dit le notaire, je vais leur expliquer dans leur langue.

Le notaire s'exprima dans un italien qu'il semblait parler couramment, aux oreilles de Foster, et les deux vendeurs lui répondirent en gesticulant, d'un air très excité.

– Bien, reprit le notaire, nos amis m'ont dit qu'ils ont un autre acheteur prêt à conclure et qu'ils ne sont donc pas prêts à retarder la transaction ; autrement dit, ils tiennent à ce que le contrat soit signé maintenant, sans quoi vous prendrez le risque que l'autre acheteur passe premier.

Le notaire posa les mains sur son bureau et les regarda :

– Naturellement, monsieur Foster, les vendeurs disent toujours cela, c'est dans leur intérêt. Je vous conseille d'exercer votre propre jugement.

Foster le regarda.

– Ce que je veux dire, reprit le notaire, c'est que la pression d'un autre acheteur n'est peut-être pas aussi forte qu'ils le laissent entendre.

– Ça ne fait rien, dit Foster. J'aurai l'argent dans deux ou trois jours.

– Vous voulez donc signer tout de suite ?

– Ça veut dire que le bateau m'appartiendra, non ?

– Oui. Vous pouvez en prendre possession et le garder, si vous vous engagez à verser les mille livres dans une semaine.

– Alors signons.

– Si vous voulez bien patienter dans la salle d'attente, ma secrétaire va rédiger le contrat et nous pourrons immédiatement conclure la transaction.

En l'espace d'une heure, Foster était le propriétaire légitime de la *Santa Maria*.

4

On aperçut les premiers thons cet après-midi-là. Un seul bateau en profita, mais il vendit pour sept cents livres de poisson à la conserverie. Foster les vit décharger alors qu'il rentrait chez lui au volant de sa Bedford.

Il passa par le port et trouva Bill en train d'amarrer l'*Elsie*.

– Où as-tu trouvé ce pick-up, Jack ?

– C'est toute une histoire... Va donc placer l'*Elsie* dans le quai principal et charge toutes nos affaires dans le bateau des métèques.

– Quoi ?

– Tu m'as très bien compris, espèce de sale Noir ! s'exclama Jack avec jubilation. Ça y est, on a un vrai bateau.

– Tu l'as acheté ?

– Bien sûr que oui. Qu'est-ce que tu crois, nom de Dieu, que je l'ai volé ?

– Mais où as-tu trouvé l'argent ?

– Ah, ah, t'aimerais bien le savoir, hein ? Allez dépêche-toi. Et reste à bord, je veux être sûr que les métèques n'essaient pas d'enlever quelque chose. Il est à nous, mon petit. À NOUS !

Bill fit un large sourire.

– Qu'est-ce qu'on va faire de l'*Elsie* ?

– Dick Briggs l'a achetée. Il vient la chercher demain. Laisse-lui tout l'accastillage.

– La pendule de bord, le baromètre et tout ?

– Tout ce qui est fixé, mon gars... Contente-toi de débarrasser les paniers, les cannes et le contenu des casiers.

– D'accord.

Jack fit demi-tour avec la Bedford dans un nuage de poussière blanche et repartit chez lui.

*
* *

– Où as-tu trouvé ce pick-up ? Qu'as-tu fait de la Holden ?

– C'est toute une histoire, ma petite vieille, répondit Foster en prenant Katey par sa taille de guêpe et en la faisant virevolter dans la cuisine en un grand cercle dangereux pour elle et pour le mobilier.

– Arrête, Jack. Arrête de faire l'idiot !

– Grimpe dans la voiture, je veux te montrer quelque chose. Où sont les petits ?

– Dans le jardin. Qu'est-ce que tu as fait, Jack ? Tu as acheté le bateau ?

– Merde alors, Katey, qu'est-ce qui te fait croire que j'aie pu faire une chose pareille ?

– Très bien, alors, qu'est-ce que tu as fait ? Tu l'as acheté, hein ?

– Viens jeter un coup d'œil, dit Foster en ouvrant la porte du jardin et en braillant : Hé, vous deux ! Venez faire un tour, j'ai quelque chose à vous montrer.

– Dis, papa, c'est ton nouveau pick-up devant la maison ?

– T'occupe pas du pick-up. Sautez à l'arrière. J'ai une très bonne surprise pour vous.

– Attends deux secondes, Jack, j'ai le dîner au four.

– Alors éteins le four ! hurla-t-il joyeusement. Éteins-le et viens avec moi sinon je te mets la fessée, espèce de vieille sorcière !

*
* *

– Pas si vite, Jack, n'oublie pas que les garçons sont sur le plateau.

Jack obéit et réduisit sa vitesse à cinquante kilomètres à l'heure.

– Tiens, Bill est là, dit Katey en arrivant au quai. Je me demande s'il a trouvé des *flatheads*.

– *Flatheads* ? Mais qu'est-ce qu'on en a à faire, des *flatheads* ? répondit Foster en se garant.

Il alla lui ouvrir la portière et l'aida à descendre.

– Fais attention, espèce de fou ! Mais quelle mouche t'a piqué aujourd'hui ?

La *Santa Maria* tirait doucement sur les amarres qui la retenaient à quai. L'*Elsie* l'avait accostée et Bill jetait des paniers de l'une à l'autre.

– C'est bien ça, tu l'as acheté. Oh, Jack, tu n'aurais pas dû !

Les deux garçons dévalèrent le quai et montèrent à bord de la *Santa Maria*.

– Jack, où as-tu trouvé l'argent ?

L'énorme patte de Jack tapota tendrement les fesses minuscules de Katey.

– Il vous plaît, ma petite dame ? Allez, vas-y, ose me dire qu'il est pas superbe, nom de Dieu.

– Il a un drôle de nom, dit Katey. Mais comment as-tu fait pour l'acheter ? Où as-tu trouvé l'argent ? Et d'où sort ce pick-up ? Qu'est-ce que tu as fabriqué ?

– Viens le voir de plus près, Katey. Je t'expliquerai tout après le dîner.

*
* *

– T'as perdu la tête, dit Katey après le dîner. On va vivre de quoi, maintenant ?

– Faudra peut-être se serrer un peu la ceinture, mais n'oublie pas qu'on est en septembre. La saison vient juste de commencer et elle dure jusqu'en décembre. Je t'assure que j'aurai remboursé la société de crédit et la banque avant Noël ; et sans me forcer, encore.

– C'est possible, dit Katey.

– C'est pas « possible », c'est certain. Oh là là, quelle rabat-joie tu fais !

– Peut-être bien. Mais enfin, je te rappelle que, même si je ne voyais pas toujours les choses du même œil que ta mère... pour ce qui est des dettes, nous étions du même avis. Elle disait toujours...

– Je sais, l'interrompit Foster. « Ce sont les dettes qui ont détruit ton père ».

– Ton père, pas le mien, dit Katey. Mon père n'a jamais emprunté un sou.

– Fiche-moi la paix, bon sang, dit Foster avec humeur. Fiche-moi la paix, nom de Dieu !

– Oh oui, ça, pour crier, t'en connais un rayon. Mais tu sais très bien comment ton père a fini. Et ce qui est arrivé à ta mère à cause de lui.

– Qu'est-ce que ça vient faire ici ?

– Je n'aime pas tous ces emprunts.

– Peut-être, mais je n'ai pas envie de vivre dans une bicoque pareille toute ma vie, de survivre avec une pension de retraite et que mes gamins passent la moitié de leur vie à trimer pour deux fois rien, comme moi.

– Je ne vois pas ce qu'il y a de mal à travailler, dit Katey en prenant un air guindé.

– Oh, mais c'est pas vrai, bon sang !

– Est-ce que ton père...

– Je ne veux plus t'entendre parler de mon père.

– D'accord, Jack, évitons de nous disputer.

– D'accord, je préfère éviter ça, moi aussi. Je vais faire un tour.

– Ne reviens pas saoul comme un cochon.

– Mais non, mais non, répondit-il d'un ton agacé.

*
* *

Foster se rendit au pub. Il n'y avait pas d'autre endroit où aller, le soir, à Bernadine. Il y trouverait tous ses amis : ceux qui s'étaient querellés avec leur femme et ceux qui avaient juste envie de discuter ou de boire un coup.

Il descendit rapidement la colline, à grands pas, vers l'unique rue commerçante qui constituait le centre de Bernadine.

Une grosse vingtaine de voitures étaient garées devant l'hôtel du pub. Un coup d'œil aux véhicules et Foster savait qui était à l'intérieur. Les cinq ou six qui lui étaient inconnus devaient appartenir à des touristes ou des représentants de commerce.

Foster monta l'escalier en essayant de retrouver l'exaltation qu'il avait éprouvée en emmenant Katey voir le bateau. Au diable les femmes, toutes les femmes ! Quoi que fasse un homme, elles trouvent toujours quelque chose à redire. Surtout si c'est nouveau. Elles veulent que tout soit toujours pareil. Certes, Katey est une fille bien, mais nom de Dieu, elle aurait tout de même pu se montrer un peu plus enthousiaste en voyant le bateau !

Il savait, de manière confuse, qu'il y aurait dans le pub des hommes envieux de ce qu'il avait fait ; ils le féliciteraient jalousement de sa bonne affaire, lui souhaiteraient de réussir en pensant être sincères, tout en réprimant l'espoir sournois qu'il se soit fourvoyé.

Il y avait cinq ou six groupes d'hommes dans le bar.

– Salut Jack, alors, comment va le gros proprio ?

Foster fit un grand sourire à celui qui lui avait parlé et un salut général vers les hommes, qui le lui rendirent.

– Comment tu vas faire pour te débarrasser de l'odeur d'ail sur ce bateau, Jack ?

– C'est l'odeur du poisson qui va la couvrir, mon gars, renvoya Foster.

Il n'était pas étonné qu'ils soient tous au courant de son achat. Le contraire l'aurait surpris. Une naissance, un décès, l'achat d'une voiture, d'une maison, ces nouvelles appartenaient à la ville tout entière ; mais l'acquisition de Foster éclipsait forcément les événements plus banals.

Foster rejoignit deux hommes en salopette qui buvaient sous la tête du poisson épieu. Il sourit à la serveuse, qui avait déjà commencé à lui tirer une bière. Elle ne lui demandait jamais ce qu'il désirait ; on buvait toujours de la bière quand on sortait à Bernadine, même en hiver, quand elle était si froide qu'elle faisait mal à la gorge. On pouvait à la rigueur boire un rhum ou un cognac quand on rentrait d'une tempête, trempé jusqu'aux os, mais pour le plaisir, quand on était australien, et blanc, on buvait de la bière glacée.

Les compagnons de Foster étaient tous les deux pêcheurs. L'un, Alec Normington, un homme à la charpente solide, d'une cinquantaine d'années, était propriétaire d'un thonier. L'autre, la quarantaine, petit et trapu, s'appelait Bob Alton et gagnait sa vie en louant ses services d'un bateau à l'autre. Ils portaient tous deux des chandails à col montant, épais et noirs. Leurs visages, burinés, ridés et râpés, avec des yeux clairs et délavés, étaient ceux des hommes exposés aux éléments et consommant trop de bière glacée.

Alton poussa quelques pièces qu'il avait laissées sur le comptoir pour payer la bière de Foster.

– Je crois que t'as fait une bonne affaire, Jack, lui dit-il. Tu l'as mis en cale sèche ?

Foster descendit la moitié de son verre et sentit la froideur lui envahir la gorge et gagner son estomac.

– C'est pour demain. Je dois le faire évaluer – pour mon emprunt, tu sais.

Il ne lui serait pas venu à l'esprit de dissimuler les détails de ses transactions financières. Ça n'aurait servi à rien, de toute façon : d'une manière ou d'une autre, tout finissait par se savoir.

– Les métèques voulaient s'en débarrasser à cause du type qui s'est noyé, dit Normington.

– C'est ce qu'on raconte.

– C'est un bon argument de vente, dit Alton. Je te parie que c'est eux qui l'ont fait couler pour pouvoir s'en servir.

– À moins que ce soit Jack qui l'ait noyé exprès, dit Normington, juste pour faire une bonne affaire.

Ils rirent tous les trois. La mort d'un Italien n'était pas un événement à considérer ou à débattre très sérieusement. Foster se rappela vaguement les poils de barbe tranchants qui lui avaient tailladé les lèvres, mais il préféra chasser de telles pensées.

Il paya une tournée.

Normington passa le pied sur la barre du comptoir.

– Tu sais pourquoi ils mettent des barres le long du comptoir ? demanda-t-il.

– Pour mettre les pieds dessus, répondit Foster.

– Ouais, on s'en sert comme ça maintenant, mais tu sais à quoi ça servait au départ ?

– Non, dit Foster d'un ton courtois, en attendant une explication.

À Bernadine, la plupart des conversations tournaient autour d'une série de faits et de leurs contraires, d'anecdotes et de leurs démentis.

– Bon, dit Normington en s'appuyant au comptoir, je sais pas si c'est vrai ou pas, mais le mec qui me l'a raconté me l'a donné pour véridique... Tu sais, dans le temps, les types savaient boire, pour de vrai.

Cette révélation, provenant d'un homme qui descendait près de cinq litres de bière par jour, ne suscita aucun commentaire.

– Et la vie était dure. En tout cas, apparemment, ils aimaient pas sortir pour aller pisser, ou alors ils voulaient pas empiéter sur le temps qu'ils pouvaient passer à boire. Bref, ils avaient une espèce de rigole autour du comptoir et les mecs restaient plantés et pissaient dedans.

– J'aimerais pas boire dans ces conditions, observa Foster.

– Non, mais enfin, c'est juste pour dire, quoi... dit Normington en passant songeusement le pied le long de la barre du comptoir.

Quatre Italiens entrèrent et s'installèrent dans un coin, loin des autres clients. C'étaient tous des costauds, des pêcheurs, manifestement. Une agitation traversa le bar : les groupes se retournaient les uns après les autres pour regarder les nouveaux venus.

– Prépare le *vino*, Mary, cria quelqu'un à la serveuse.

En réalité, les Italiens – peut-être pour prouver leur intégration – commandèrent de la bière.

– Regarde-les jouer aux hommes, dit quelqu'un d'une voix plus forte que nécessaire.

Il était neuf heures du soir et la plupart des Australiens du bar avaient cinq litres de bière dans le ventre.

– C'est la première fois que je vois ces types, dit Normington.

– Un bateau métèque a mouillé dans le quai du bas, dit Alton. C'est sans doute le leur.

– Quel genre de bateau ?

– Un thonier. Un douze mètres, bien équipé. Beau bateau.

– Comment ces salopards arrivent-ils à se payer de tels bateaux ? s'indigna Normington. La moitié d'entre eux sont dans le pays depuis quinze jours à peine et ils parlent même pas anglais, pour la plupart.

La serveuse remit la tournée offerte par Alton.

– Je sais comment ils font, dit ce dernier. Ces salopards vivent de trois fois rien. Un premier vient ici, ça lui coûte que dalle, dix livres à tout casser. Il prend deux boulots en usine, travaille jour et nuit, mange rien, et, en un rien de temps, il a économisé son acompte pour une maison. Ensuite, il fait venir dix de ses potes, et, comme ils partagent la maison et qu'ils ont deux boulots chacun, hop !, ils s'achètent bientôt un bateau, un taxi ou va savoir quoi.

– Ces salopards s'arrêteront pas avant de tout posséder dans ce pays, dit Normington.

Foster acquiesça d'un grognement. Le sujet ne l'intéressait pas particulièrement, mais casser du sucre sur le dos des Italiens était une composante normale des bavardages de bar.

– Bien sûr, dit Alton, qui s'y connaissait, ils ont rien à bouffer dans leur pays et ils ont l'habitude de passer leur vie à trimer. Mais nous, on y arriverait pas. Aucun Blanc y arriverait. On y laisserait la peau.

– Ils portent tous des couteaux, aussi, dit Normington. Ils te tranchent la gorge sans que t'aies le temps de voir venir.

Même avec son sens considérablement émoussé de la justice, Foster trouva que c'en était un peu trop.

– Arrête ton char ! J'ai presque tout le temps un couteau dans la poche, et toi aussi. Je parie que t'en as un, en ce moment même.

C'était probable car Normington était venu directement au pub après une journée en mer.

– C'est pas du tout la même chose, dit ce dernier. C'est un outil professionnel, pour moi.

– Oui, mais enfin, bordel, ils sont pêcheurs, eux aussi.

– Peut-être, mais c'est pas pareil. Eux, ils en portent tous, qu'ils soient pêcheurs ou autres. On raconte qu'ils dorment avec.

Bizarrement, ce commentaire aiguilla Alton sur des récits scabreux à propos de coutumes sanitaires en Inde, qu'il tenait d'un homme qui s'y était rendu en personne, et la soirée se poursuivit de récits en récits contraires, accompagnés de tournées successives de bière glaciale.

Juste avant dix heures, un homme s'éloigna de son groupe, tout au fond, et, traversant la nappe de fumée du bar d'une démarche fière, se dirigea vers les toilettes. Foster ne le connaissait pas. C'était un petit trapu, d'une trentaine d'années, roux.

En passant devant les Italiens qui buvaient tranquillement et parlaient entre eux, il s'arrêta et les dévisagea. Ils l'ignorèrent, mais un raidissement à peine perceptible de leur posture montra qu'ils étaient conscients de sa présence. Il resta un moment à examiner leurs dos de son regard imbibé d'alcool, se balançant d'avant en arrière. Il n'arrivait pas à l'épaule du plus petit de ces Italiens.

– Ce mec va s'en prendre aux métèques, dit Alton.

– Quel abruti ! dit Foster.

Se décidant soudain, le rouquin se précipita et passa la tête entre deux Italiens. Sa voix, que la vulgarité futile et ennuyeuse à mourir de son esprit demeuré et imbibé d'alcool rendait rauque, résonna dans tout le bar.

– Alors, qu'est-ce vous buvez, là ? Le bon vieux *vino* ?

Les Italiens se resserrèrent pour l'exclure du groupe.

Il s'agrippa aux deux plus proches et se glissa entre eux.

– Ben alors, qu'est-ce ça veut dire ? Je vous pose une question, là, bien poliment et tout, et vous me repoussez ? Allez, répondez-moi !

Les Italiens baissèrent les yeux sur lui, incapables de gérer cette lamentable apparition avinée au sein de leur groupe.

– Allez, bon sang ! Je vous demande c'que vous buvez ; le bon vieux *vino* ?

– On boit de la bière, répondit à contrecœur un Italien, en montrant du doigt leurs verres à bière.

– Oh, dit le rouquin, en singeant son geste. On boit-*eu* de la bièr-*eu*, comme ça, on boit-*eu* la bièr-*eu*.

Sur ce, le visage brûlant, arrogant, piqué de taches de rousseur, il se tourna vers le reste du pub, en attente d'une salve d'applaudissements. Il n'en eut aucun, ce qui ne l'empêcha pas de partir d'un grand éclat de rire.

Les Italiens tentèrent de s'écarter discrètement de lui ; l'un d'eux prit son verre.

– Holà, dit le rouquin, qu'est-ce c'est qu'ça ? T'es sûr que c'est de la bière ?

– C'est de la bière, répondit l'Italien

– C'est de la bière, mais comment je peux en être sûr ? Comment je peux savoir que t'essaies pas de m'embobiner ? Si ça se trouve, c'est un *vino* spécial, un *vino* brun... Tiens, fais-moi-le goûter.

Il se précipita sur l'Italien pour essayer de lui enlever le verre des mains, mais l'Italien refusa de céder.

– Mais allez, laisse-moi goûter, dit le roux en tirant violemment sur le verre.

L'Italien lâcha prise et la bière se renversa sur la chemise du rouquin.

– Espèce de saloperie de gros dégueulasse de métèque !

Délibérément, le rouquin vida le verre sur le comptoir.

– Bon, tu nettoies maintenant !

L'Italien le regarda, impassible.

– Je t'ai dit de nettoyer !

L'Italien était sur le point de partir lorsque le roux le frappa férocement à la gorge.

Les trois compagnons de l'Italien s'écartèrent ; les Australiens commencèrent à manifester un peu d'intérêt au tumulte et à se rapprocher.

Le rouquin attrapa l'Italien par le col et essaya de l'attirer à lui. L'Italien leva les mains et repoussa son agresseur, qui le lâcha et prit un peu de recul.

– Alors, comme ça, tu cherches la bagarre, hein ? Allez, vas-y, allez.

Il prit une position de boxe, tandis que l'Italien tentait de le dissuader en agitant les bras. Le roux s'avança et lui enfonça les poings dans le corps.

L'Italien riposta faiblement et lui donna un coup bas.

– Espèce de saloperie de métèque !

Le corps ferme et l'esprit anesthésié par l'alcool contre la peur, la douleur et la pitié, le petit homme fonça sur l'Italien et le martela de coups de pied et de poing.

La victime s'effondra gauchement sous le corps de son assaillant. On entendit fuser quelques encouragements. Les compagnons de l'Italien observaient la scène d'un air incertain.

– Regarde-moi ça, ces salauds sont même pas foutus d'aider leur pote, lâcha Normington avec mépris.

Pour autant que Foster s'aventure à un jugement d'ordre moral, ce commentaire lui parut parfaitement injuste. Si les Italiens étaient venus au secours de leur ami, on les aurait immédiatement accusés de se liguer contre l'Australien, ce qui n'aurait pas manqué de provoquer une bagarre générale.

À califourchon sur lui, le rouquin cognait l'Italien en pleine figure ; ce dernier saignait du nez et chaque nouveau coup de poing éclaboussait son visage de sang. Il tentait de repousser son assaillant, mais il était presque inconscient. Puis le rouquin s'arrêta soudain, le saisit par les oreilles et se mit à lui frapper la tête par terre.

– Ça suffit maintenant, dit Foster, il va le tuer.

– T'en mêle pas, dit Normington.

– Comment ça, t'en mêle pas ? Il va le tuer.

Foster posa son verre et s'approcha de la bagarre.

– Allez, mon pote, ça va comme ça.

Le rouquin l'ignora et continua à cogner la tête de l'Italien par terre. Les oreilles du type n'arrêtaient pas de lui échapper car il avait les mains glissantes de sang : il enroula donc les doigts dans l'épaisse chevelure.

– Ça suffit, je te dis, répéta Foster en secouant l'épaule du roux.

Ce dernier se retourna.

– Va te faire foutre !

Les mots s'échappèrent de la gueule bestiale en une giclée d'écume.

Foster se baissa, saisit le roux à la taille et le souleva presque. Le petit homme s'accrocha aux cheveux de l'Italien aussi longtemps qu'il le put, puis finit par lâcher prise, des touffes noires lui restant dans les mains. Il essayait d'échapper à l'emprise de Foster en donnant des coups de pied. L'Italien s'assit et se protégea la tête de ses avant-bras.

Le rouquin semblait à peine se rendre compte que Foster le tenait dans ses bras. Il continuait à donner des coups de pied à l'Italien en proférant des obscénités et en essayant de griffer dans le vide comme pour franchir une barrière invisible qui le séparait de sa victime. Il vint à l'esprit de Foster qu'il avait affaire à un véritable cinglé homicide.

– Allez, calme-toi, mon pote.

Un autre homme, un Australien que Foster ne connaissait pas, se détacha du cercle formé autour de la scène. Plus costaud que Foster, il avait une dégaine de pêcheur et semblait à moitié saoul. Il agrippa l'épaule de Foster de sa main gauche et serra la droite en un poing.

– Lâche mon pote, se contenta-t-il de dire.

Foster examina calmement l'inconnu et resserra son étreinte autour du rouquin.

– Je t'ai dit de lâcher mon pote !

Le poing prit du recul.

– Ne dis pas n'importe quoi, mon pote, dit Foster, sans s'inquiéter.

Il savait qu'il n'était pas en grand danger. Il n'était pas italien et ses amis l'aideraient sans avoir à réfléchir aux conséquences.

L'étranger secoua l'épaule de Foster : Normington et deux autres hommes s'approchèrent immédiatement et le retinrent, puis l'évacuèrent à l'autre bout du bar en lui ordonnant d'apprendre à se tenir.

Le roux avait enfin réussi à émerger de sa rage. Foster le posa et le dirigea avec douceur dans une direction opposée à l'Italien.

– Va boire un coup et te calmer, lui dit Foster.

L'homme s'ébroua, puis lui dit sur un ton de reproche :

– Je voulais juste aller pisser.

– Eh ben, vas-y.

Le petit roux poursuivit le chemin qu'il avait pris avant sa rencontre avec les Italiens, comme si de rien n'était.

Ceux-ci avaient remis sur pied la victime meurtrie et s'efforçaient de nettoyer leur ami.

– Vous feriez mieux de quitter le coin avant que ça dégénère, leur conseilla Foster, et les quatre hommes s'exécutèrent docilement, d'un pas traînant.

Foster récupéra son verre.

– Tu devrais pas te mêler de ce genre de trucs, lui dit prudemment Normington. Ça aurait pu mal tourner.

– On pouvait pas laisser cet abruti se faire tuer.

À cet instant, le petit rouquin revint vers le comptoir et se fraya un passage jusqu'à son ami sans le moindre regard vers Foster ou le sang qui tachait le sol.

– Sacré bon vieux Jack, le copain des métèques, lança quelqu'un d'un ton jovial.

C'était une plaisanterie et c'est bien ainsi que l'entendit Jack, mais son sourire était un peu penaud ; ce n'était pas le genre de réputation qu'on avait envie de traîner.

Il finit sa bière et annonça qu'il rentrait.

– Tu vas pêcher le thon, demain, Jack ? demanda Normington.

– Non, faut que je fasse évaluer le bateau pour mon crédit.

– Ah, c'est vrai, tu me l'as déjà dit. À plus tard, Jack.

– À plus tard.

5

Foster dirigea prudemment le bateau sur le ber, puis aida à l'arrimer.

Joe Taylor, propriétaire du chantier, avait accepté d'effectuer le halage à crédit. Il était aussi prêt à lui fournir assez de carburant pour se maintenir à flot pendant un mois.

Penché sur la barrière du quai, l'expert les observait. Le bateau bien arrimé, Foster mit le treuil électrique en marche. Le ber s'éleva progressivement sur ses rails, halant le bateau hors de l'eau.

Foster sauta de la rampe et rejoignit l'expert.

– Ça fait longtemps qu'elle n'a pas été sortie, Jack, dit celui-ci en montrant du menton la coque ruisselante couverte d'une épaisse couche de bernacles et d'algues.

– Je l'ai achetée à des métèques.

– Elle a un revêtement de cuivre. Va falloir en enlever un petit bout pour voir ce qu'il y a en dessous.

– Arrête tes salades, dit Foster, c'est à peine si t'as regardé mon bateau quand tu l'as évalué pour Dick Briggs.

– Ah oui, mais c'est pas le même budget ! Et puis ton bateau, je le connais. Tiens, mais regarde, je peux facilement enlever un morceau à cet endroit. Y en a pour une petite demi-heure.

– Qu'est-ce qui t'inquiète ?

– Ben, imagine que la quille soit pourrie, si je laisse ça passer sans rien dire et que tu aies un accident, la compagnie d'assurances sera tout de même obligée de payer et je me ferai virer.

– Pourquoi veux-tu que la quille soit pourrie, nom de Dieu !

– Il faut que je vérifie, c'est tout, Jack.

Foster se mit à racler les bernacles et les algues. Il aurait bien aimé en profiter pour badigeonner une couche protectrice, mais il ne voulait pas s'endetter davantage. Il s'en occuperait la prochaine fois.

L'expert enleva prudemment une plaque de cuivre et planta quelques coups de son ciseau à bois.

– Elle me semble en bon état, dit-il.

– Je vois pas trop ce qui pourrait clocher.

L'expert gratta le bois mis à nu de son ciseau.

– Y a quelques trous, là. T'as peut-être bien quelques tarets.

– Tu connais beaucoup de bateaux qui n'ont pas quelques tarets ?

– Non, dit l'expert d'un ton inquiet. Mais y en a vraiment beaucoup, là, Jack.

Il grattait les planches du galbord, révélant plusieurs petits trous de la taille d'une tête d'épingle.

– Je vais en prélever un morceau.

Avec un marteau, il enfonça le ciseau à environ un centimètre de profondeur dans la planche inférieure du galbord et retira un petit morceau de bois. Un trou noir apparut, de la grosseur d'un doigt, parallèle aux planches.

– Bon sang, Jack, c'est vieux, tout ça.

Foster examina le trou puis passa le doigt dedans. Le taret, un mollusque en forme de ver, creuse des galeries sur toute la longueur du bateau, à l'intérieur du bois, mais en laissant l'extérieur intact ; il finit par l'affaiblir au point qu'il se désintègre en cas d'impact.

– Ils ont dû attaquer la quille aussi, dit l'expert. Je dois le vérifier.

Le taret avait complètement piqué le galbord, des deux côtés, ainsi que la quille.

– Merde alors ! dit Foster.

Mais il n'était pas excessivement inquiet. Le bateau ne courait aucun danger tant qu'il ne percutait pas un récif ou un autre bateau, ce qui ne risquait pas de lui arriver. Ça ne lui coûterait que deux ou trois cents livres pour remplacer la quille et le galbord, quand il s'en occuperait. Le bateau avait coûté si peu, il nécessitait forcément quelques travaux.

– C'est vraiment pas de chance, bon sang, dit l'expert.

– C'est pas si terrible, dit Foster. Je l'ai eu pour un bon prix. Il fera bien la saison.

– Mais c'est pas ce que je veux dire. Je ne peux pas délivrer de certificat.

– Comment ça ?

L'expert s'assit.

– Je suis désolé, Jack, mais c'est impossible. Il n'est pas en état de naviguer.

– Écoute, mon pote, lui dit gravement Foster. Si tu ne me donnes pas le certificat, comment veux-tu que j'obtienne mon crédit ?

– Ce n'est pas de mon ressort. Mais aucune compagnie n'acceptera de l'assurer. Tu ferais mieux d'aller voir Joe Lang.

*
* *

– Oui, c'est une sacrée tuile, dit Joe Lang. Naturellement, je ne peux pas t'accorder l'emprunt avant d'avoir le certificat, mais fais donc réparer ton bateau et, dès que tu as ton certificat, on finalise l'emprunt.

– Mais merde à la fin, dit Foster, tu sais bien que j'ai plus un sou. Je ne peux pas faire réparer la quille avant la fin de la saison.

Et même si je le pouvais, ça prendrait quinze jours et tu sais bien que je dois payer le bateau d'ici une semaine.

– Je sais bien. Je suis vraiment navré, mais qu'est-ce que tu veux que j'y fasse ? Essaie donc d'aller voir Charlie à la banque, il pourra peut-être te donner un coup de pouce.

*
* *

– Hors de question, Jack, dit Charlie. J'ai fait tout ce que j'ai pu et j'ai l'impression que ça va déjà m'attirer des ennuis. Je ne peux plus rien risquer. Tu ferais mieux d'essayer d'annuler la vente.

– Mais je ne veux pas annuler la vente. C'est une bonne affaire et toutes ces histoires sont ridicules, tu le sais très bien. Prête-moi l'argent pour le bateau et deux ou trois cents pour réparer la quille, ce qui peut être fait dans une quinzaine de jours, tu le sais bien.

– Jack, dit le banquier, tu ne veux pas comprendre. Je ne peux pas accepter ça de mon propre chef. Je dois obtenir l'aval de mes supérieurs et, franchement, je ne m'y risquerai pas. Ce serait une perte de temps et je ne pourrais pas me porter garant pour toi. Va revoir le notaire et explique-lui que tu veux annuler le contrat.

*
* *

– Évidemment, je comprends tout à fait la situation, monsieur Foster. Je vais demander à nos amis s'ils sont prêts à résilier l'accord, mais vous avez signé le contrat. Ils peuvent vous forcer à le respecter.

– Et si j'en suis incapable...

– Eh bien, monsieur Foster, j'ai fait mon possible pour vous avertir avant la signature que, en cas de non-respect des clauses du contrat, vous seriez dans l'incapacité de récupérer la somme de votre acompte.

– La somme totale ? demanda Foster, qui sentit une colère sourde monter en lui.

– Eh bien, oui, légalement parlant, la totalité. Il est évidemment possible que les vendeurs acceptent de vous rembourser.

Le notaire marqua une pause, le regard perdu au-dessus de la tête de Foster.

– Juste en passant et sans vouloir vous conseiller quoi que ce soit d'inconsidéré, votre chèque a-t-il été honoré ?

– Oui, ma banque l'a réglé.

– Je vois. Eh bien, il ne me reste plus qu'à leur demander s'ils sont prêts à annuler la vente. Appelez-moi dans l'après-midi.

*
* *

Quand Foster lui téléphona, en fin d'après-midi, le notaire lui dit :

– Je suis navré, monsieur Foster, les vendeurs ne veulent rien entendre. C'est une affaire regrettable et je ne vois vraiment pas d'issue. Vous souhaitez peut-être consulter un autre notaire.

– Inutile, dit Foster. Contentez-vous de m'expliquer le déroulement des choses. Si je ne les règle pas jeudi prochain, que se passe-t-il ? Reprennent-ils le bateau ?

– Non. La procédure habituelle est la suivante. Ils lancent une assignation vous intimant à conclure, c'est-à-dire à payer le solde dû. Si vous ne le faites pas dans la quinzaine qui suit, ils peuvent alors reprendre possession du bateau et garder l'intégrité de l'acompte. C'est sévère, mais je crains bien que ce soit parfaitement légal.

– Ça me donne donc trois semaines, c'est bien ça ?

– C'est cela, monsieur Foster, c'est exactement cela.

6

Foster roula jusqu'au quai où était amarrée la *Santa Maria*. Tout au fond de la cabine, Bill inspectait le moteur.

– Sacré bon engin, Jack.

– Reste dans le coin ce soir. On ira chercher des appâts.

– Pour le thon ?

– Oui, on pêchera le thon demain. Je serai libre vers les huit heures du soir.

– Bon, d'accord. Tu vas embaucher une équipe ?

– Je vais essayer de trouver quelques gars au pub.

Rassembler une équipe ne lui coûterait rien. Les hommes touchaient huit livres la tonne, que la conserverie leur versait à la livraison. Mais Foster avait fait plusieurs saisons sur des thoniers et savait qu'il serait dur de trouver des hommes maintenant que la saison avait commencé.

*
* *

Il y avait une vingtaine d'hommes dans le bar – comme toujours.

Ils marquèrent une légère pause avant de le saluer : Foster en conclut qu'ils étaient déjà au courant de ses problèmes de tarets. Ils connaissaient sans doute aussi tous les détails de ses difficultés financières. On racontait (et de manière beaucoup plus crue) qu'il était impossible de lâcher un vent à Bernadine sans que la ville entière soit au courant.

Foster commanda une bière.

– Tu connais quelqu'un qui veuille pêcher le thon avec moi demain ? demanda-t-il au serveur.

Il suivait la procédure habituelle. Ceux qui étaient intéressés pouvaient maintenant venir le voir.

Il descendit deux verres, seul, et sut que personne ne viendrait pêcher avec lui.

D'instinct, il comprit qu'on pensait que son bateau portait malheur, or, à Bernadine, « porter malheur » avait une connotation particulièrement sinistre. Tout le monde savait qu'un Italien s'était noyé sur ce bateau. Tout le monde savait qu'il était rongé par les tarets. Tout le monde savait que Foster allait tout y perdre.

Son bateau portait malheur. Un tel bâtiment allait rater les bancs de thon, et ce ne serait pas la pire de ses mésaventures. S'engager à son bord était loin de garantir les huit livres par tonne.

Ce raisonnement était dénué de méchanceté, mais la saison avait commencé et le premier venu capable de tenir une canne à pêche pouvait trouver à se faire embaucher. Ils seraient partis avec Foster si rien d'autre ne s'était présenté, mais ils n'avaient que l'embarras du choix.

Foster finit sa bière et sortit dans la rue, où tombait la nuit.

*
* *

La mer était d'huile et Foster ne rencontra aucun problème pour franchir la barre ; le bateau plongea irrésistiblement dans la frêle ligne blanche d'écume qui marquait la crête des faibles brisants.

Il se dirigea vers l'îlot et mouilla l'ancre arrière près d'une petite crique. Il regretta de ne plus avoir l'ancre avant – elle était au fond de la mer, de l'autre côté de l'îlot –, mais la mer était calme et une ancre suffisait.

Bill empila les filets à appâts dans le canot qu'il avait emprunté au chantier naval et les posa en ramant sur un cercle d'environ deux cents mètres de périmètre autour du bateau.

Foster fixa une lanterne au tangon, brancha le générateur et fit pivoter la perche pour que la lampe soit suspendue à cinq mètres du bateau. Quand Bill eut effectué un demi-cercle, Foster alluma, imprégnant l'eau noire d'une tache verte.

Une prodigieuse nuée de *yellowtails* sortit de l'obscurité et grouilla à la surface de l'eau éclairée, comme des papillons de nuit autour d'un réverbère.

Bill arriva en ramant doucement, exécuta son cercle et leva rapidement le filet dans le canot, rétrécissant le cercle à quelques mètres carrés.

La nuée brune foisonnait, les poissons s'entassaient contre les petites mailles au milieu du cercle, toujours attirés par la lumière, ne quittant plus le bord du filet.

Bill et Foster saisirent les épuisettes à long manche et, côte à côte dans le canot, se mirent à rapidement écoper les *yellowtails* et à les jeter dans le vivier, par l'écoutille.

Ils répétèrent l'opération encore et encore, puisant dans la nuée grouillant de poissons, écopant deux ou trois kilos à la fois et les lançant devant le faisceau de la lampe – en un éclat d'argent fugace, un véritable torrent de grêle illuminée – jusque dans l'obscurité.

Les deux hommes avaient plus de deux cents kilos d'appâts, soit plusieurs milliers de poissons, entassés dans le vivier, quand ils s'arrêtèrent.

Le nuage brun frétillait toujours, ne paraissant nullement diminué. Bill releva le filet tandis que Foster rentrait le tangon et décrochait la lanterne.

En rentrant au port, ce dernier régla la radio sur la météo, qui lui prédit pour le lendemain une mer calme, avec des vents modérés nord nord-est – un temps idéal pour le thon –, les avions des conserveries seraient en repérage. Une soixantaine de bateaux, dispersés sur quelque quatre-vingts kilomètres de littoral, attendraient les bancs de thons.

– T'as une équipe pour demain ? demanda Bill.

– Non.

– Ça va être dur d'en ramener beaucoup.

Foster ne le savait que trop, il avait du mal à l'admettre. Normalement, sur un bateau de cette taille, quatre hommes pêchaient tandis qu'un cinquième tenait la barre pour s'assurer que le bateau suive les poissons. S'ils n'étaient que tous les deux, il serait obligé de placer le bateau en plein milieu du banc et de le laisser dériver pendant la pêche. Ils ne pourraient donc pas en sortir beaucoup de tonnes avant de perdre le banc.

On tombait sur un banc de thons environ cinq fois par saison et chaque occasion représentait un millier de livres – à condition d'avoir une équipe. Mais Foster avait encore une possibilité de s'en sortir : s'il tombait sur un banc proche d'un des grands bateaux de la conserverie, on lui prêterait une équipe.

Personne ne songerait à aller pêcher sur le banc d'un autre. Le thonier de la conserverie attendrait que le petit bateau soit plein. Plus il le serait rapidement, plus le thonier aurait de chances de faire une bonne prise aussi, il était donc dans l'intérêt du capitaine de lui prêter quelques hommes.

Le seul problème, songea Foster, c'est qu'il n'avait pas envie de rester à talonner un gros thonier, car ce dernier avait plus de chances de repérer le banc en premier.

Il ne voulait penser ni aux chances de remporter l'énorme pari dans lequel il s'était engagé, ni aux conséquences d'un éventuel échec.

*
* *

– Et qu'est-ce qui va se passer si tu ne trouves pas de thon ? demanda Katey.

– J'en trouverai.

– Mais si t'en trouves pas, tu dois toujours de l'argent à la banque, n'est-ce pas ?

– Je sais bien, mais...

– Et par-dessus le marché, les remboursements de cette ridicule bagnole.

– Je sais, je sais, mais une seule prise de thons, une seule, et tout est réglé.

– En l'espace d'une semaine.

– J'ai trois semaines, Katey.

– Trois semaines !

– Et puis, bon Dieu, lâche-moi un peu. Je trouverai le fric.

Plus tard, alors qu'elle s'apprêtait à aller au lit, Foster se plaça derrière elle et posa les mains sur ses fines épaules.

– Ne t'en fais pas, ça va aller, Katey.

Elle se dégagea, d'un geste brusque et irrité.

– J'ai sommeil.

Dans le grand lit familier, ils reposaient comme des étrangers. Foster s'agita quelques minutes, puis son cerveau de pêcheur, habitué à dormir quand c'est l'heure, s'échappa.

Dans son demi-sommeil, Foster eut un violent sursaut. Il lança le bras sur le corps de Katey ; s'attendant à ce qu'il lui dise quelque chose, elle se tourna vers lui, mais Foster sombra bientôt dans un sommeil aussi paisible que profond.

7

L'aube surprit Foster en train de fumer sur la *Santa Maria*, Bill assis derrière lui. Ils prirent le coude de la rivière longeant les pins, sur le courant vert et frais, franchirent la barre de sable puis les petites vagues pour retrouver la lisière blanche de la côte qui fuyait au nord et au sud dans une brume bleutée.

L'avion de la conserverie patrouillait le long de la côte, en contact radio avec tous les navires armés pour le thon.

Bill lança trois lignes avec des hameçons équipés de plumes pour pêcher la bonite. Cette espèce de thon servait seulement d'appât, mais les pêcheurs tentaient systématiquement d'en prendre quand ils étaient en mer. L'espèce comestible, c'est le thon rouge : un poisson féroce, vigoureux et brillant qui, de septembre à décembre, se déplace en bancs de millions de spécimens. Il peut faire jusqu'à un mètre vingt et pèse une vingtaine de kilos. On en tirait un bon prix à la conserverie, et c'était ce thon rouge que tous les bateaux de la côte sud cherchaient ce jour-là.

Bill tint la barre tandis que Foster montait sur le nid-de-pie où il resta, oscillant doucement, guettant le banc de thons.

Il n'y avait pas un bateau à l'horizon ; la plupart étaient sans doute bien plus au large. Il était impossible de prédire les mouvements du thon. Il pouvait se rapprocher du littoral ou longer le plateau continental, à une trentaine de kilomètres des côtes, dans des eaux de deux mille cinq cents brasses sous la quille.

Le vent fit glisser une ride sombre sur l'eau à environ deux cents mètres de lui. Foster l'observa, puis l'invalida. Il n'aurait pas été capable d'expliquer la différence entre une ride causée par le vent et une ride causée par le thon, mais il savait les distinguer.

Un gros phoque, un mâle, s'approcha, ballotté par les flots. S'il avait été en train de pêcher, Foster l'aurait abattu avec la carabine qui l'accompagnait toujours en mer. Il y avait une trêve étrange entre les pêcheurs et les phoques. Les hommes les laissaient tranquilles s'ils ne pêchaient pas, mais, s'il y avait du poisson, ils se débarrassaient d'eux sans pitié. La présence d'un phoque faisait plonger les bancs plus profondément et cet animal pouvait réduire un filet en lambeaux en quelques instants.

L'avion de la conserverie vrombit au-dessus d'eux en se dirigeant vers le nord.

Foster était déjà monté en avion ; il savait donc que le pilote peut repérer les bancs de thons à trente kilomètres à la ronde. Le pilote lit l'océan comme une vaste carte translucide : les poissons sont représentés par des milliers de longs ovales gris bien distincts. Une fois qu'ils sont repérés, le pilote signale leur emplacement au thonier le plus proche.

Le regard de Foster se porta à l'arrière, où il vit des poissons accrochés aux lignes de traîne. Il descendit l'échelle et releva prestement une ligne, enroulant l'épais filin sur le pont d'une main experte, puis, d'un long mouvement rythmé du bras évitant que l'hameçon ne se décroche, il tira une bonite de l'écume au-dessus de l'hélice et la laissa suffoquer sur le pont.

Foster vérifia les autres lignes, mais elles n'avaient encore rien pris.

Le corps rigide du thon palpitait et tambourinait violemment, les ouïes béantes et noires, les yeux devenant rapidement vitreux au soleil.

Les thons ne vivent pas longtemps hors de l'eau.

Foster jeta une épaisse planche à découper en bois sur l'écoutille, y flanqua la bonite qu'il saisit par sa queue rigide – une véritable poignée naturelle – et découpa deux énormes filets, un de chaque côté, avec un vieux couteau si bien aiguisé qu'il glissa dans la chair rouge comme dans du beurre. Il la découpa en carrés, puis entra dans la cabine pour consulter le thermomètre.

Tous les thoniers étaient équipés d'un thermomètre qui mesurait la température de l'eau. Il affichait 16,6 degrés, un bon signe car le thon rouge ne fréquentait que les eaux entre 15 et 18 degrés.

Foster consulta l'échosondeur. Sur la masse sombre et irrégulière du fond fluctuait une ombre indiquant la présence de poissons.

Du menu fretin, sans doute, pensa Foster. Mais il pouvait essayer de ramener quelques kilos avec ses cannes. Inutile de passer la journée entière à se balancer dans le nid-de-pie. L'avion repérerait les bancs bien avant lui, de toute façon.

– On va dériver un peu et voir ce qu'on trouve, dit-il à Bill.

Bill éteignit le moteur et alla relever les lignes de traîne. Puis ils appâtèrent ensemble les cannes pour le gros avec la bonite et lancèrent les lignes.

Le bateau dérivait doucement sous le doux soleil de septembre. Les deux pêcheurs sentirent les lignes se détendre quand le plomb toucha le fond.

Foster se protégea l'index d'un doigtier en caoutchouc épais dans l'éventualité d'un gros poisson tirant la ligne, capable de lui brûler profondément la main.

Bill ne prit pas la peine de l'imiter. Il avait les mains si calleuses que même un couteau à découper aurait eu du mal à les trancher.

Foster sentit quelques prises sur l'hameçon, mais rien d'intéressant. Il tira brutalement la ligne.

– Barrez-vous, bande de salauds.

Il releva la ligne, décrocha l'appât déchiqueté, plaça un nouveau morceau de bonite et relança.

Quelque chose mordit férocement, à deux reprises, dès que le plomb toucha le fond.

Foster s'empara de la canne de la main droite, attendant le bon moment dicté par son instinct, puis la retira brusquement en arrière en sentant la poussée soudaine d'une grosse prise. Il remonta la ligne d'un mouvement rapide et régulier en maintenant la pression sur l'hameçon. Il évaluait le poids et le type du poisson à ses mouvements, alors que celui-ci était encore à dix brasses de profondeur.

– Un vivaneau, dit-il. Un gros. Va chercher la gaffe !

Bill lâcha sa ligne, décrocha la gaffe du râtelier, derrière la cabine, et se pencha par-dessus bord.

Se lançant de côté, le vivaneau exaspéré fendit l'eau et Bill lui asséna sur la tête un coup de crocs de gaffe tandis que Foster maintenait la ligne bien tendue pour le haler. Le poisson s'affala sur le pont.

Foster arracha l'hameçon, fixa un nouvel appât et le lança. Il appâta ensuite quatre lignes de gros. C'était encore un peu tôt pour le vivaneau, il ne devait pas y en avoir beaucoup, mais il en tirerait ce qu'il pourrait.

Le vivaneau se vendait six shillings le kilo dans le port de Bernadine. Un poisson comme celui qu'il venait de pêcher lui rapporterait dans les trente shillings. Pendant la saison, on pouvait tirer trente ou quarante bêtes comme celle-ci par jour. C'était peut-être son jour de chance.

Le gros poisson rouge doré trépidait en vain. Le bleu pâle du ciel reposait comme une soucoupe sur la courbe bleu foncé de l'océan. Les deux hommes pêchaient, assis, dans la mer calme et déserte.

Ils sortirent plus d'une dizaine de vivaneaux pendant l'heure suivante, mais aucun aussi gros que le premier.

À bord de sa vieille chaloupe, Foster se serait estimé heureux d'une telle prise, si tôt dans la saison, mais ses besoins financiers avaient complètement changé.

Un point noir se détacha du contour flou de la côte : un autre bateau s'approchait, venant de l'ouest.

– Qui est-ce ? demanda Foster.

Bill se leva et scruta l'horizon.

– Je sais pas, dit-il. On dirait qu'il vient du nord.

Le point se transforma en bateau, puis ils distinguèrent un homme, debout sur la proue.

– Il nous observe, dit Bill. Avec des jumelles.

Foster hala un vivaneau de deux ou trois kilos sur le pont.

– Combien sont-ils ?

– J'en vois que deux.

Le bateau se trouva rapidement à une centaine de mètres de l'emplacement où ils pêchaient.

– C'est des métèques, dit Bill.

« Métèque » s'appliquait à toute personne à la peau basanée.

L'homme aux jumelles avait rejoint l'arrière et laissait filer une ligne de fond : un mille environ de corde était soutenu tous les vingt mètres par des bouées en verre, avec des lignes appâtées entre chaque bouée.

– Il a vu le vivaneau, dit Foster. Cet abruti pourrait garder ses distances !

L'étrange bateau finit son demi-cercle autour de la *Santa Maria* en continuant de laisser filer sa ligne.

– Quel abruti complet, il perd son temps avec une ligne fixe ! Le fretin lui aura croqué ses appâts avant que le vivaneau ait le temps de s'y intéresser. Mais à quoi il joue ?

L'étrange bateau complétait son cercle.

– Il va quand même pas nous encercler. C'est impensable, même pour un métèque !

L'étrange bateau continuait. Les bouées dansaient déjà sur l'eau en un immense demi-cercle.

Foster se leva.

– Regardez où vous allez ! gronda-t-il.

L'équipage de l'autre bateau l'ignora complètement.

Foster les fixait d'un regard incrédule. En mer, les pêcheurs obéissaient à certaines règles : si un bateau prenait du poisson, on pouvait s'approcher de lui et pêcher à proximité, mais à condition de ne le gêner en aucune manière. Laisser filer une ligne autour d'un bateau représentait incontestablement une gêne.

L'étrange bateau poursuivit son parcours jusqu'à ce que le cercle soit bouclé et qu'une ligne de bouées de verre flottantes encercle complètement le bateau de Foster.

Pour partir, Foster devait passer entre les bouées, où le plomb des lignes maintenait la corde principale bien en dessous de la quille. De mémoire de pêcheur, on n'avait jamais vu tel affront.

– Au diable cet abruti de pourri de métèque, dit Foster, relève les lignes !

Foster et Bill halèrent rapidement les lignes et les jetèrent sur le pont. Foster entra dans la cabine et lança le moteur.

– Passe près des bouées sans t'approcher des métèques, dit-il à Bill en sautant à l'avant, une gaffe à la main.

La *Santa Maria* surgit près des bouées, puis ralentit. Foster se pencha contre la rambarde de proue et brisa la bouée la plus proche avec les crocs de la gaffe. Le verre se cassa en un fracas satisfaisant et disparut dans l'eau. Bill suivait la ligne et Foster brisait méthodiquement les bouées, l'une après l'autre.

Il aperçut les deux Italiens lui montrer le poing.

Il brisa encore cinq ou six bouées, puis il remonta la suivante avec sa gaffe et trancha la ligne d'un coup de couteau.

– Va de l'autre côté, cria-t-il à Bill.

Bill changea de bord et s'approcha du demi-cercle restant.

Foster crocheta la première bouée qu'ils atteignirent et sectionna à nouveau la ligne. Bill comprenait tout à fait où il voulait en venir et suivait la ligne tandis que Foster détruisait systématiquement le reste des bouées.

Les deux dernières furent englouties par le poids de la ligne.

– Ça leur apprendra, à ces salopards, dit Foster.

L'autre bateau s'approcha d'eux et ils s'aperçurent que l'homme à la proue tenait quelque chose à la main.

Foster descendit dans la cabine, prit la barre et se dirigea vers l'autre bateau.

L'homme était un Italien gigantesque d'une quarantaine d'années, un costaud avec une énorme bedaine ronde. Il tenait une baïonnette à la main droite.

– Qu'est-ce qu'il compte faire avec ça ?

Il coupa le moteur et monta à l'avant.

– Espèce de salaud, hurla l'Italien quand son bateau fut assez proche.

– Et qu'est-ce que tu vas faire ?

– Je vais te tuer, hurla-t-il.

– Vas-y, lança Foster avec mépris.

– T'as coulé ma ligne.

– C'est exact. Qu'est-ce qui t'a pris de m'encercler ?

– Je vais porter plainte !

– C'est ça, vas-y, espèce de gros métèque plein de soupe.

L'Italien explosa dans sa langue natale, se tourna vers son compagnon à la barre et lui hurla quelque chose. Immédiatement, le bateau italien surgit et se dirigea droit sur le milieu de la *Santa Maria*.

Foster se précipita dans la cabine et démarra. Si l'Italien le percutait, peu importait la vitesse, la lourde proue de bois de son bateau couperait la *Santa Maria* en deux. Un seul choc un peu violent risquait de briser les planches du galbord rongées par les vers.

Foster ouvrit les gaz et l'Italien changea de cours pour l'intercepter.

– Je le tuerai plutôt que de le laisser nous rentrer dedans !

Foster sortit la carabine 303 de son étui, sur le sol de la cabine, prit une poignée de cartouches et bondit à l'arrière tout en tirant sur la culasse et en chargeant le fusil.

Le bateau italien était à une vingtaine de mètres et fonçait sur la *Santa Maria*, le gros bonhomme hurlant à l'avant, la baïonnette à la main.

Foster leva son arme.

– Barre-toi ou je te descends ! hurla-t-il en visant la bedaine qu'il ne pouvait pas manquer, même à partir d'un bateau en mouvement.

Il voyait distinctement le visage de l'autre homme, son regard de fou et la bouche vociférant.

Le bateau s'approcha encore et Foster exerça une légère pression sur la gâchette. L'idée d'épargner la vie de l'homme au risque de laisser ce dernier foncer sur son bateau ne lui traversa pas l'esprit une seconde. Il avait envie de tirer une balle qui déchirerait le gros ventre de cet Italien qui l'insultait, à moins de dix mètres.

Les mouettes gueulaient frénétiquement sur l'eau troublée par le clapotement des hélices, sans se préoccuper du drame de ces deux hommes sur leurs petits bateaux, prêts à se tuer, entre le bleu pâle du ciel et la courbe bleu profond de l'océan.

Foster croyait être resté très calme ; il n'avait pas conscience du désir de violence qui s'était emparé de lui. Son doigt se contracta encore sur la gâchette, il ne lui restait plus qu'à appliquer une pression insignifiante pour propulser la balle dans les chairs de l'Italien.

Mais à trois mètres de la *Santa Maria*, le bateau italien vira soudain de bord et prit un cap parallèle.

Foster baissa la carabine, cracha et se mit à rire, se moquant du visage grimaçant de l'Italien qui continuait à hurler indistinctement à l'avant.

Puis, par pure impulsion, il leva la carabine et tira une balle au-dessus de sa tête.

Les Italiens mirent le cap à l'ouest et s'éloignèrent de la *Santa Maria*.

– T'aurais dû le descendre, dit Bill quand Foster le rejoignit dans la cabine.

– Ça n'a pas passé loin. Deux secondes de plus et je l'aurais tué.

Foster fut surpris de remarquer qu'il tremblait de tout son corps. Il arrivait à peine à ouvrir la culasse pour éjecter la cartouche.

– On peut se faire pendre pour ce genre de connerie, dit-il à voix haute en vidant la carabine. J'étais prêt à le tuer.

Il songea à la catastrophe qui s'en serait suivie, bien plus absolue et extrême que le désastre économique qu'aurait pu susciter la perte de son bateau.

Il regarda le fusil, puis, sans trop savoir pourquoi, il le lança par-dessus bord, à travers la porte de la cabine. L'arme coula franchement, avec à peine une éclaboussure.

– Pourquoi t'as fait ça ? demanda Bill.

– Je vais pas me mettre à descendre les salauds, dit rudement Foster. Allons donc pêcher le vivaneau.

*
* *

La journée se poursuivit avec quelques vivaneaux supplémentaires, tandis que l'avion de la conserverie sillonnait le ciel dégagé.

Aucun thon en vue.

Ce soir-là, sur le quai, Foster toucha vingt-cinq livres pour les vivaneaux. Ce n'était pas comme ça qu'il allait rembourser les mille livres qu'il devait sur le thonier.

8

– Mais comment vas-tu le rembourser ? répéta Katey. Que se passera-t-il si tu ne trouves pas de thon ?

– Je prendrai un boulot, dit Foster. Je me retirerai du contrat et j'achèterai un autre bateau.

– Et ça va te prendre combien de temps ?

Il ne lui répondit pas. Il refusait d'essayer d'évaluer le temps qu'il lui faudrait, car il refusait d'envisager cette éventualité. À partir de maintenant, tout allait se jouer entre deux possibilités cruciales qui détermineraient l'issue : soit il trouverait du thon soit il n'en trouverait pas.

– Je vais faire un tour au pub.

– Ah oui, c'est comme ça que tu vas résoudre tes problèmes, c'est sûr.

– Je trouverai peut-être une paire de bras à embaucher.

Foster dit cela doucement, mais sans y croire. Les thoniers de la conserverie offraient neuf livres la tonne et ils manquaient de personnel.

En descendant au pub, Foster remarqua que le vent se levait. L'habituel retentissement sourd des vagues avait pris de l'ampleur, ce soir, et parvenait même à rivaliser avec les postes de télévision.

Foster rejoignit Bill, qui buvait avec Dick Briggs. Il perçut encore le calme gêné des clients à son approche. Il l'acceptait. Les malchanceux suscitent le malaise autour d'eux. C'est ainsi.

– Alors, ce nouveau bateau, ça va ? demanda Briggs.

– C'est bon, oui.

– Paraît que t'as trouvé des vivaneaux ?

– Quelques-uns.

– Moi aussi, j'en ai pris quelques-uns. Y en avait pour quinze livres. J'aurais gagné davantage avec les ormeaux aujourd'hui.

– Tu t'y retrouveras plus tard dans la saison, dit Foster.

– Oui. Tu sais qu'il y a un nouveau gardien de phare sur Marabell ?

– Ah bon ?

– Canadien, à ce qui paraît, dit Briggs. Drôle de type, apparemment il mange des raisins secs et du porridge sans lait ni rien, pour le petit déjeuner.

– Tu plaisantes ! Punaise ! Remarque, pas étonnant qu'ils perdent la tête, à vivre tout seuls avec quelques chèvres et lapins.

Briggs s'arrêta, comme pour tenter de se rappeler quelque chose :

– Tu connais la pucelle de Marabell ?

– Non.

– C'est la seule chèvre qui coure plus vite qu'un gardien de phare.

Foster avait ri avant de se représenter la blague ; il rit à nouveau, comme il se devait, après se l'être représentée.

Dans le bar, le murmure des voix d'hommes montait et descendait comme le bruit des vagues un jour de calme.

Foster ne prit pas la peine de demander si des pêcheurs voulaient se joindre à lui : il savait qu'ils viendraient le voir le cas échéant.

Il but très lentement, faisant durer sa bière autant que possible.

– T'as entendu l'histoire du métèque et de Gladys Williams ? demanda Bill.

– Non. Quoi ?

Briggs rit :

– T'en as pas entendu parler ? On a pas autant rigolé ici depuis longtemps.

– Bon, ben, allez-y, racontez !

– Raconte-lui, toi, Bill. Je mettrai la touche finale, ça va t'achever, dit Briggs.

Bill but une gorgée de bière et ralluma la cigarette roulée qui lui pendait aux lèvres.

– Bon. Tu sais que Gladys a plaqué son bonhomme l'an dernier...

– Hum... dit Foster.

Les cancans de la ville l'intéressaient peu, mais on ne pouvait guère y échapper – celui qui refusait d'écouter se coupait de tout contact humain à Bernadine.

– Bon, reprit Bill. Mais tu vois, elle laisse quelques mecs venir la tringler...

– Hum...

– Bon, parmi ces mecs, y a un métèque – Antonio ou un truc dans ce genre – qui vient la tringler régulièrement et en beauté.

Briggs ricana.

– Bien sûr, le bonhomme de Gladys a fini par avoir vent de l'histoire ; et ça lui a pas plu du tout. C'est déjà pas réjouissant qu'elle se fasse tringler par d'autres, mais un métèque, pour William, ça dépassait les bornes !

– Hum.

– Bon. Tu sais que Gladys a gardé leur vieille maison, alors son bonhomme commence à faire le guet en attendant que le métèque se pointe. Et l'autre soir – avant-hier, c'était –, voilà notre Antonio qui débarque. Il frappe à la porte. Gladys lui ouvre, et il entre, tout content. Bon, le bonhomme de Gladys calcule qu'il doit attendre une vingtaine de minutes, puis il se décide et frappe à la porte.

Briggs se mit à marteler joyeusement le comptoir du poing.

– Bon, reprit Bill. Le métèque est mort de trouille : il s'enfuit par la fenêtre de derrière, son pantalon à la main. Le bonhomme de Gladys fait le tour, lui met le grappin dessus, puis il lui flanque une bonne raclée... et pour finir, il se barre en emportant le pantalon.

Bill et Briggs éclatèrent de rire, pliés en deux. Foster se joignit poliment à eux.

– À ce qu'on raconte... haleta Bill. À ce qu'on raconte, le rital a descendu High Street en slip à trois heures du matin.

– Mais attends, dit Briggs en posant la main sur le bras de Foster. Attends un peu la suite. Je raconte ça à ma femme en rentrant et elle me dit : « Oh, c'est vraiment vache comme tour ! » Alors je lui dis : « Comment ça ? Que le métèque tringle Gladys ? – Non, qu'elle me répond, ce qui est vache, c'est que le bonhomme de Gladys a laissé le pauvre rital se vider de ses forces avant de le tabasser. »

Briggs frappa le comptoir en rugissant de rire.

– « Un homme, un vrai, qu'elle a continué, l'aurait tabassé avant qu'il entre et s'épuise à la tâche. »

Foster et Bill se joignirent amicalement au rire.

– En tout cas, ajouta Briggs, cette vieille Gladys est tombée bien bas pour s'encanailler avec un rital. Tous des obsédés, tu sais. C'est logique d'ailleurs, on les fait venir ici sans femme et ils vivent tous ensemble. Apparemment, ils sont responsables de la moitié des viols dont on entend parler. À mon avis, une femme doit être tombée bien bas pour prendre un rital.

« Mais bon, ajouta-t-il à la réflexion, c'est un vrai boudin, cette vieille Gladys, elle doit pas avoir beaucoup de choix.

Foster termina son verre.

– C'est ma tournée, annonça-t-il, car il redoutait qu'on le crût fauché.

Mais il n'eut pas l'occasion d'offrir sa tournée : la porte du pub s'ouvrit brusquement sur Armstrong, en tenue de policier, qui cria avec autorité :

– Un bateau s'est échoué sur la barre, j'ai besoin d'hommes et vite.

Immédiatement, tous les pêcheurs du bar s'éloignèrent du comptoir et se dirigèrent vers la porte, finissant leur verre en route et le laissant sur le rebord du mur près de la sortie.

Briggs, Bill et Foster, premiers dehors, s'entassèrent dans la voiture d'Armstrong. Deux autres hommes les rejoignirent.

Armstrong démarra sans attendre, laissant les autres se débrouiller pour trouver un moyen de descendre au port.

– Qui est-ce ? demanda Foster.

– Un type de Landalar. Il est resté trop tard, alors il a voulu mouiller ici plutôt que de rentrer chez lui. Quand il a essayé de franchir la barre, il a calé et talonné sur les écueils. Il vient de lancer un appel radio.

– Combien à bord ?

– Quatre. Dont deux qui ne savent pas nager. Ça ne leur servirait pas à grand-chose, d'ailleurs, ils sont à deux cents mètres de la plage et la mer est démontée.

La voiture de police s'arrêta abruptement au bout de la route et les six hommes sortirent en se bousculant, puis coururent sur l'herbe vers les dunes de sable.

Deux câbles de sauvetage étaient placés en permanence des deux côtés de la rivière, au niveau de la barre. Armstrong, qui avait dépassé la quarantaine, était un excellent nageur ; il allait tenter de rejoindre l'épave à la nage tandis que les hommes laisseraient filer le câble. Ils n'avaient pas besoin de parler, ils avaient tous déjà procédé ainsi. Foster, Bill et deux autres pêcheurs s'emparèrent du câble et commencèrent à patauger dans le sable vers les rochers. Ils apercevaient l'éclat d'une lumière dans l'obscurité de l'océan, au-delà de la ligne d'écume des brisants. Elle semblait bien lointaine.

– T'arriveras jamais à nager si loin, dit Foster. Et même si t'y arrives, tu réussiras jamais à les sortir tous les quatre. Si on essayait avec un bateau ?

– Allan Purvis est allé chercher le sien, dit Armstrong, mais ça va pas être commode de passer la barre ce soir.

Les embruns giflaient les hommes tandis qu'ils escaladaient les rochers vers la mer. Le vent semblait forcir. La mer était noire dans cette nuit claire mais sans lune ; le seul signe de vie était la lumière clignotante. Les lueurs de la ville étincelaient derrière les hommes et, loin au nord, le sable de la plage s'affichait en gris contre la ligne blanc mat des brisants, sous le fond noir des collines dans le ciel sombre.

Foster aperçut les lumières d'un bateau descendant la rivière.

– Tu ferais mieux d'attendre et de voir si Purvis arrive à sortir, dit-il à Armstrong.

Le bateau était rapide. Il sortit du chenal et se lança dans les flots vers la barre.

Foster savait que, la nuit, l'équipage n'avait aucune idée de l'emplacement de la barre. Il devait se contenter d'attendre la venue d'une grosse vague, puis d'essayer de profiter du ressac pour passer. La marée était haute ; il devrait y arriver.

À partir des rochers, les six hommes ne voyaient du bateau qu'une forme noire sur l'eau agitée et blanche. Ils virent une grosse lame, avec une haute crête blanche, puis la sombre proue se dresser et passer par-dessus.

Le bateau plongea dans la vague, prenant de la vitesse avec le ressac qui le précipita sur les lames suivantes. La première déferla juste avant que le bateau ne l'atteigne et le fit pivoter de travers.

– Il est de travers, dit quelqu'un sur les rochers.

Inconsciemment, les mains des hommes agrippèrent un gouvernail imaginaire en se mettant à la place de l'homme de barre. Il devait rétablir la proue face à la lame avant la prochaine, sinon le bateau risquait de se mettre complètement en travers.

– Il passera pas, dit quelqu'un.

La vague suivante roula sur le bateau, mais, miraculeusement, l'alliance du courant et de la lame empêcha ce dernier de chavirer.

Des rochers, ils entendirent gronder le moteur du bateau rempli d'eau, que le timonier tentait de rétablir.

Une autre vague se précipita sur la barre et déferla juste à l'arrière de la poupe du bateau. Le timonier n'avait d'autre choix que de baisser les gaz et de se laisser porter.

Le bateau se dressa et, la proue face à la vague, bien stable, il s'élança droit sur le sable.

C'était une grosse lame ; elle propulsa le bateau à faible tirant d'eau dans le sable.

Les hommes sur les rochers poussèrent un soupir de soulagement. On n'avait plus à s'inquiéter pour ce bateau-là. Il resterait bloqué jusqu'au matin, où ils le remorqueraient dans la rivière avec un bulldozer.

Purvis ayant échoué, personne d'autre n'allait se risquer à franchir la barre.

– Bon, dit Armstrong. Je crois que c'est l'heure de mon bain.

Il ôta ses vêtements et enfila le harnais de toile. Il s'avança en marchant précautionneusement sur les rochers, à cause des huîtres, tandis que les hommes prenaient position le long du câble de sauvetage.

En s'avançant dans les eaux peu profondes, Armstrong sentit le varech lui picoter la plante des pieds. Les vagues déferlaient sur un petit récif qu'il devait franchir avant de pouvoir nager. Foster et Bill le suivirent dans l'eau en tenant le câble bien au-dessus de leurs têtes pour qu'il ne se prenne pas dans les rochers ou les bas-fonds.

Parvenu au récif, Armstrong plongea et se mit à nager, en passant sous les vagues. Foster le perdit de vue ; seule la pression soutenue en bout de câble lui indiquait que, dans le noir de l'eau, un homme nageait vers la lumière.

Il aurait du mal à se diriger tout droit car, avec les vagues, il lui était impossible de voir la lumière du bateau.

Il ne devrait pas y avoir de requins, songea Foster, c'est déjà ça. Quinze ou vingt ans auparavant, il avait vu un homme nager de la même manière pour secourir un bateau échoué : la pression s'était soudain relâchée et, quand ils avaient hissé le nageur sur la plage, il n'en restait plus que la tête et les épaules.

Le câble s'alourdissait.

– Il ramasse des algues, cria Foster à Bill.

Dans le meilleur des cas, un nageur n'avait que peu de chance de franchir les vagues la nuit. Il ne lui restait plus aucune chance d'y parvenir s'il devait traîner une demi-tonne d'algues avec lui. Le câble s'alourdissait et se déroulait moins rapidement.

Foster se représenta Armstrong en train de nager vigoureusement à contre-courant, plongeant sous les vagues et luttant pour remonter à la surface sous le poids de plus en plus conséquent des algues.

Puis il sentit deux coups secs sur le câble.

– Remontez-le, hurla Foster ! Il n'en peut plus !

Ils se mirent à rembobiner le mou en pensant qu'Armstrong rentrait, mais le câble fut à nouveau tendu ; ils sentirent un poids lourd et mort.

– Je vais le chercher, cria Foster en se déshabillant en toute hâte.

Puis Armstrong apparut, debout dans les eaux peu profondes.

– Impossible, dit-il en rejoignant Foster. J'ai ramassé une tonne d'algues ; j'ai été obligé de tout lâcher.

Ils restèrent plantés, le regard sur la lumière.

– Les pauvres bougres, dit Armstrong, leur bateau doit commencer à craquer.

– Ils n'ont pas de canot de sauvetage ?

– Faut croire que non. Ils vont sans doute essayer de détruire le toit et de flotter dessus. Ça leur donnera peut-être une chance de s'en tirer.

– S'ils passent toute la nuit en mer, ils seront à mi-chemin de la Nouvelle-Zélande demain, dit Foster.

– Celui qui sait nager réussira peut-être à rentrer.

– Faudrait qu'il nage foutrement bien.

L'un nu et l'autre à moitié nu, l'eau leur clapotant à mi-cuisses, les deux hommes scrutaient l'océan en se demandant si la mort était déjà à l'œuvre.

– Je pourrais peut-être sortir un canot, dit Foster.

– Quoi ? Sur la barre ? T'es fou !

– Non. Amènes-en un ici, je pense que ça peut se faire.

– Bien, tentons le coup, dit Armstrong.

Ils sortirent de l'eau et escaladèrent péniblement les rochers couverts d'huîtres.

Une dizaine d'hommes étaient en train de rentrer le câble.

– J'ai besoin de cinq ou six hommes, dit Armstrong en enfilant son pantalon. On va essayer d'envoyer un canot.

Ils roulèrent jusqu'au hangar à bateaux et sortirent un canot de trois mètres cinquante, des avirons et un moteur hors-bord. Quelqu'un avait laissé sa remorque dans le hangar. Ils la réquisitionnèrent, la fixèrent au pare-chocs de la voiture de police et posèrent le bateau dessus.

Quatre hommes se postèrent sur la remorque pour tenir le bateau jusqu'à la mer.

Ils descendirent sur le sable et quelques mètres sur les rochers jusqu'à ce qu'ils ne puissent aller plus loin. Puis une dizaine d'entre eux soulevèrent le canot à bout de bras et le portèrent.

– Qui veut y aller ? demanda Armstrong quand ils furent au bord de l'eau. Toi, Jack ?

– Oui, avec Bill.

Personne ne s'y opposa. Deux hommes constituaient l'équipe idéale pour ce genre d'opération et tout le monde savait que Foster et Bill formaient une bonne équipe.

Bill s'installa à l'arrière et lança le moteur. Foster prit les avirons. Quelqu'un jeta une écope dans le canot. Les autres stabilisèrent le bateau jusqu'à ce que l'hélice et le bateau aient traversé le petit récif.

Bill barrait avec le moteur tandis que Foster tenait les avirons, prêt à corriger le cap si les vagues faisaient dériver l'avant. Ils passèrent les premiers récifs, dans l'eau bouillonnante et blanche, puis ils arrivèrent dans les lames.

La première s'écrasa violemment sur eux. Foster planta les avirons et se pencha en avant de toute la force de ses épaules et de son dos. La proue frappait les vagues et se dressait toute droite, de telle sorte que Foster se trouvait bien plus haut que Bill. Le bateau resta un instant suspendu, la proue dressée directement contre les étoiles, puis il s'effondra dans le creux de la vague, le moteur hurlant se faisant entendre par-dessus le rugissement de l'océan.

Ils avancèrent d'environ six mètres avant d'être fouettés par la lame suivante. Elle était plus petite et ils réussirent à passer dessus, mais non sans prendre beaucoup d'eau.

– Écope ! hurla Foster.

Bill avait déjà commencé, mais sans grande efficacité, car il tenait le moteur d'une main.

Le bateau progressait laborieusement, le moteur forçait et Foster ramait avec une énergie démente, priant pour que les avirons ne se brisent pas, priant pour que le bateau avance, pour qu'il passe la vague qui déferlait déjà.

Le bateau fit une embardée et Foster ne parvint pas à enfoncer l'une des rames. La proue pivota à tribord et Foster tira de toute la force de son dos sur l'aviron gauche pour que le canot soit à nouveau face à la lame. Il n'en fut pas loin, mais il n'y parvint pas.

La vague les précipita violemment et un bouillon d'écume blanche entra par l'arrière. Le moteur cala. Le canot était à moitié plein d'eau.

– Écope, sale Noir ! hurla Foster, qui dirigeait le poids inerte du bateau vers la prochaine lame.

Bill écopait avec acharnement, puis, une fraction de seconde avant la vague suivante, il se plaça à l'arrière et fit un gouvernail de son corps, pour maintenir la proue à flot.

Le bateau se dressa tout droit, l'eau ruisselait sur la tête de Bill, accroché là. Il dut lâcher prise car son corps faisait maintenant couler l'arrière. Il aperçut brièvement Foster allongé dans le bateau, pourtant presque encore à la verticale. Puis le bateau passa par-dessus la lame et s'écrasa dans le creux. Ils avaient réussi à franchir la barre.

Bill fut entraîné à quelques mètres du bateau, mais il le regagna aisément à la nage.

L'écope avait disparu et le canot était à moitié plein.

Foster rama assidûment vers le large.

Bill ôta son pantalon, en noua les jambes et, le remplissant d'eau, s'en servit pour écoper.

Foster se dirigea vers la lanterne qu'il apercevait chaque fois que les vagues soulevaient le canot. Il remarqua qu'il y avait davantage de brisants là où le bateau s'était échoué.

Les naufragés seraient obligés de sauter de l'épave et de se débrouiller pour arriver jusqu'au canot de secours. Ça ne devait pas poser de problème, l'eau n'était guère profonde à cet endroit. Ça dépendait de la force des vagues.

Bill essaya de relancer le moteur, mais en vain.

Leur progression était maintenant facilitée par le courant, qui les éloignait de la côte, mais le retour, avec quatre hommes de plus à bord, risquait d'être beaucoup plus difficile.

Foster se reprocha de ne pas avoir pensé à prendre le va-et-vient de sauvetage. Bill l'aurait tenu à l'arrière, évitant ainsi de l'encombrer d'algues.

Il parvenait maintenant à voir l'épave chaque fois qu'il se retournait : elle dessinait une masse sombre avec une petite lampe perchée sur le mât, perdue au milieu d'une immensité écumeuse et blanche.

La fois suivante où Foster regarda, il ne vit plus la lampe. Le mât avait dû se rompre. Il distinguait encore la masse du bateau sur l'écume, qui formait une grosse tache informe sur le noir de l'océan.

Foster s'arrêta à une vingtaine de mètres de l'épave. Chaque fois qu'il s'abaissait, il voyait la silhouette de la cabine qui se découpait sur le ciel. Impossible de voir s'il y avait des hommes à bord ou non. Il ne voulait pas s'approcher davantage en raison des brisants sur les écueils. Le courant les entraînait de plus en plus au large ; il fit demi-tour et rama à contre-courant.

– Ohé ! cria-t-il. Vous m'entendez ?

Aucune réponse ne parvint à couvrir le bruit du vent et de la mer.

– Ils ne doivent même pas savoir qu'on est là.

Foster devait crier pour que Bill puisse l'entendre.

– On est obligés d'y aller.

– J'y vais à la nage si tu veux, proposa Bill.

– Mon œil, ouais. T'en reviendras jamais. On va approcher le canot.

Une ligne assez nette marquait le bord du récif. Les lames venaient de l'est, se brisaient contre les écueils autour de l'épave, tourbillonnaient furieusement dans les basses eaux écumeuses, s'affaiblissaient dans la houle des eaux profondes du côté du littoral, avant de prendre de la vitesse sur les petits récifs, à deux cents mètres de là.

Le canot se mit à danser sur les eaux écumeuses. Foster combattait les vagues et les remous pour garder le cap. Il leur arriva même de faire un tour complet sur eux-mêmes, giflés par un gros rouleau d'écume soudain, à tribord.

Ils n'étaient plus qu'à cinq ou six mètres du bateau quand Bill aperçut un homme debout sur la cabine, qui agitait quelque chose de blanc.

Foster était tout entier concentré à maintenir le canot face à la lame. Les vagues les repoussaient en déferlant, les faisaient tourbillonner et Foster utilisait toute la force de son corps pour précipiter l'embarcation vers l'épave.

L'eau du canot clapotait d'avant en arrière à chaque mouvement. Bill continuait à écoper avec son pantalon, mais sans grande efficacité. Le canot ne risquait pas de couler tant qu'il n'y avait qu'eux deux à bord, mais avec quatre hommes supplémentaires, ce serait une autre affaire.

Foster sentit une pression subite sur l'un des avirons ainsi qu'un poids vivant et lourd. Le canot se plaça en travers et de l'eau entra encore. Foster luttait pour reprendre son aviron, quand il comprit qu'un homme y était accroché. Il laissa le bateau tourner complètement, pour que l'arrière soit côté mer, et il hissa l'homme avec son aviron.

Le canot se remplit de moitié quand ils traînèrent son corps à bord. Il s'effondra entre eux deux. Il avait un cordage attaché autour de la taille. Foster le détacha hâtivement et se précipitant à l'avant du bateau, tira dessus pour diriger le bateau face à la mer. Le canot se stabilisa, mais il s'emplissait de plus en plus d'eau avec chaque rouleau d'écume.

Foster s'agrippait désespérément au cordage. Les autres hommes pourraient s'en servir pour les rejoindre.

Après l'avoir amarré à l'anneau, il se jeta à nouveau sur les rames. Le bateau frétillait au bout du cordage comme un requin ayant mordu à l'hameçon.

Foster dut mollir le cordage, car il craignait que lorsqu'il monterait à bord, le poids des hommes les fasse couler. Il se pencha sur les avirons et souleva la masse énorme du canot rempli d'eau.

Le poids des trois hommes à l'arrière déséquilibrait l'embarcation. Foster posa une rame, saisit par le col le corps effondré à ses pieds et le jeta brutalement à l'avant.

Un autre homme apparut soudain sur le côté. Foster le hissa et le canot prit encore un peu plus d'eau.

Un troisième homme surgit à bâbord. Foster commença à le hisser, mais l'homme lâcha soudain prise et disparut dans l'écume.

Le quatrième, agrippé au cordage, grimpa à l'avant.

Foster se pencha en arrière, par-dessus les corps des deux hommes à la proue, et dégagea le cordage qui les reliait à l'épave.

L'embarcation recula dans un tourbillon d'écume, se remplissant d'eau.

Le courant les précipita rapidement dans les eaux profondes, Foster n'osant pas ramer trop dur, de peur de faire chavirer le bateau surchargé.

Bill et l'un des deux hommes se mirent à écoper. Foster scruta les eaux noires pour tenter de repérer l'homme qui avait disparu. Mais il n'y avait aucun espoir de le retrouver. À moins qu'il ne soit champion de natation, le courant l'avait déjà entraîné au large dans l'océan Pacifique.

Foster songea à se laisser emporter par le courant lui aussi, dans l'espoir d'être secouru quand il ferait jour, mais la mer pouvait empirer et le canot ne tiendrait pas le coup.

Quand, à force d'écoper, ils eurent réussi à faire baisser un peu le niveau de l'eau, Foster entreprit de remonter le courant.

Il distinguait le phare de Marabell à tribord et, à bâbord, les lumières de la ville. Sa meilleure chance de revenir consistait à longer le littoral, puis à essayer de prendre une vague pour franchir la barre.

Deux heures durant, dans l'obscurité, il lutta contre la houle. Il dut dépasser la barre de près de cinq cents mètres car, dès qu'il se mettait en travers, le courant le renvoyait directement au large. S'il ratait la barre la première fois, il devrait recommencer depuis le début, et la douleur qui pesait dans ses doigts et parcourait tout son corps, jusqu'aux genoux, lui disait qu'il n'y parviendrait pas.

Aucun des hommes à bord ne dit mot. Bill et l'un des rescapés écopaient sans relâche. L'homme que Foster avait tiré par-dessus bord n'avait pas bougé. Le dernier rescapé, tapi à l'avant, tenait la tête de son compagnon hors de l'eau, car elle roulait d'avant en arrière à chaque mouvement.

Foster aperçut des lumières sur la plage et comprit que les hommes les attendaient, craignant peut-être déjà de sortir des corps détrempés et inertes portés par les vagues comme des débris. Quand les lumières furent suffisamment derrière lui, il sut qu'il était assez au nord. Il fallait se lancer.

Se plaçant pour prendre le courant par le travers, Foster dirigea brusquement le canot sur les vagues. Il vit défiler les lampes des hommes sur la plage en se laissant porter au sud par le courant. Il eut l'impression d'être immobile et que c'étaient les lampes qui se déplaçaient vers le nord.

Une vague se forma derrière lui et il courba son dos douloureux sur les avirons, forçant encore et encore pour maintenir le canot sur la crête de la vague, puis, soudain, il sentit cette dernière soulever aisément le poids du bateau et le transporter pour le précipiter sur la côte.

L'avant se mit à piquer du nez et Foster dut ramer à contre-courant car, s'il ne devançait pas la lame, elle allait faire chavirer le bateau et en coiffer les cinq hommes.

Bill sauta par-dessus bord et se cramponna à l'arrière, faisant ainsi contrepoids. Le canot se stabilisa sur la crête et franchit la barre, l'ancre humaine à sa traîne.

La vague déferla sur la barre dans un tourbillon d'écume qui transporta le canot sur le sable, avec douceur et rapidité.

Bill le suivit en marchant. Foster mit le pied à l'eau, qui lui arrivait aux chevilles. Deux des rescapés se levèrent, puis s'effondrèrent dans les bras des hommes qui accouraient de la plage. Le troisième homme ne bougea pas. Il était mort.

9

Samedi, la mer était encore trop forte pour aller pêcher.

La *Santa Maria* dut rester à quai ; elle tiraillait sur ses amarres, comme impatiente de se glisser sur le courant vert de l'eau. Foster et Bill préparaient leur attirail de pêche.

Deux hommes descendirent du pub en effrayant les mouettes qui se nourrissaient en bord de route. Ils se dirigèrent droit sur le port et examinèrent longuement Foster et Bill.

– Salut, finit par dire l'un d'entre eux.

– Salut, répondit Foster.

– On cherche Jack Foster.

– C'est moi.

– Je m'appelle Harry Yates. Et voici John Denton.

L'homme marqua une pause, comme s'il attendait une réaction particulière.

– Et alors ? dit Foster.

– C'est nous que vous avez sauvés la nuit dernière.

– Ah. Et comment ça va ? demanda Foster.

Il rejoignit le quai d'un bond et leur serra la main en riant.

Les hommes paraissaient gênés.

– On se demandait, dit Denton, si... enfin... on peut vous payer un coup à boire ou quelque chose ?

– Vous en faites pas, dit Foster. On boira un coup ensemble un de ces jours.

Yates sortit un paquet de tabac, se roula une cigarette, puis offrit le paquet à Foster.

– J'y touche pas, répondit ce dernier.

– Ouais, bon, ce qu'on voulait vous dire, reprit Yates en s'interrompant pour allumer sa cigarette, c'est que... bon... eh ben... merci beaucoup, quoi.

– Ouais, bon, pas de problème, dit Foster avec un rire embarrassé.

Du pouce, il montra Bill qui préparait les cannes pour le thon.

– C'est mon pote Bill. C'est lui qui a fait le gros du boulot, vous savez.

Yates et Denton firent un vague signe de la main en le saluant. Bill leur répondit d'un rapide signe de tête.

– Il appartenait à qui, votre bateau ? demanda Foster par politesse.

– John Brody. Le type qui n'a pas réussi à monter à bord du canot.

– Vous savez si on l'a retrouvé ?

– Non. Le courant était tellement fort, il a dû l'emporter loin au large. Brody savait pas nager.

– Et l'autre type, c'était qui ?

– Un certain Bill, mais on le connaissait pas, on venait juste de rejoindre l'équipage.

– Qu'est-ce qui s'est passé ?

– Ben, juste quand Brody a essayé de franchir la barre, le moteur a calé. Le courant nous a jetés contre les écueils.

– Pourquoi vous n'avez pas mouillé une ancre ?

– On savait pas qu'il y avait des écueils. Brody essayait de réparer le moteur et on pensait seulement dériver le long de la côte. Il avait décidé d'essayer d'aller à Mandolin. La mer était pas encore très grosse. Mais une fois qu'on a talonné les écueils, on a plus pu bouger.

– Pas de chance, dit Foster.

– Ouais.

Une autre pause s'installa. La cigarette de Yates avait commencé à se désintégrer, il jeta le mégot à l'eau.

– Le flic nous a dit que vous cherchiez un équipage. Ça nous intéresse, si c'est possible.

– Vous avez déjà pêché le thon ?

Ça n'avait guère d'importance. N'importe qui peut sortir du thon de l'eau, mais un homme expérimenté se fatigue moins vite qu'un novice.

– Ouais, dit Yates. On pêche depuis cinq ou six ans.

– Huit livres la tonne ?

– Huit livres la tonne.

– Six le jour même et deux en fin de saison ?

C'était l'usage dans la région. Les propriétaires de bateau gardaient toujours un pourcentage des salaires, pour s'assurer que leur équipage ne leur ferait pas faux bond avant la fin de la saison.

– Pas de problème, dit Yates.

– Bien, dit Foster. On partira à cinq heures demain matin. La mer devrait s'être calmée d'ici là.

*
* *

Dimanche, Foster mena la *Santa Maria* à dix milles de la côte.

La mer était d'huile, l'eau à 17 degrés. Si les bancs de thons se décidaient à venir, ce serait aujourd'hui.

L'avion de la conserverie patrouillait et les survolait toutes les demi-heures, sillonnant le ciel du nord au sud, puis du sud au nord.

À l'arrière, Yates et Denton fumaient tranquillement. Bill tenait la barre et Foster était perché dans le nid-de-pie.

Il distingua un autre bateau à l'horizon. Un puffin, brun et vif, traversa le ciel, frôla la surface de l'eau, puis regagna la côte. Les mouettes qui planaient autour de la poupe étaient dodues et blanches avec des yeux fous et malveillants, cerclés de rouge. L'une d'entre elles se posa sur la cabine et regarda ses pattes d'un air perplexe. Puis, apparemment horrifiée par ce qu'elle avait découvert, elle s'envola d'un battement d'ailes. Le soleil frappait la mer de sa douceur de septembre. L'océan s'étendait à l'est en millions d'hectares de paillettes d'argent.

L'avion revint du nord. Foster l'observa, puis son regard se porta sur la surface lisse de la mer et remonta vers l'avion.

Ce dernier vira soudain et glissa vers la mer en composant une large spirale.

Foster ne comprit pas immédiatement le sens de cette manœuvre. Il l'avait imaginée, cette scène, si souvent que dans la réalité elle lui semblait illusoire.

– La radio est allumée, Bill ? hurla-t-il.

– Oui.

L'avion fit deux grands cercles avant que la radio se réveille en crachotant.

– VHDJA, VHDJA. À qui appartient le bateau qui se trouve au sud-ouest de ma position ?

Foster glissa du nid-de-pie le long d'un des deux étais du mât, arracha le micro des mains de Bill et ouvrit les gaz pour que le bateau atteigne ses huit nœuds et se rapproche de l'avion.

– *Santa Maria*. Jack Foster. C'est toi, Sid ?

– Tu vas bien, Jack ? Écoute, il y a un banc à deux milles de toi, direction nord-est, juste en dessous de moi.

– Merci, Sid. Je suis en route.

– Je vais rester au-dessus jusqu'à ce que tu le voies.

– Merci, Sid.

Bill reprit la barre et Jack regrimpa sur le nid-de-pie. Il se protégea les yeux contre les éclats aveuglants de l'eau, cherchant la ride que provoquait le passage du thon à un mètre de profondeur.

Yates et Denton préparèrent les cannes et se postèrent à l'avant, le regard fixé sur l'avion.

– Accrochez un garde-corps sur le côté, lança Foster. Restez à l'arrière tous les deux, et toi, Bill, tu tiens la barre.

Yates fixa le garde-corps en bois léger sur le côté. Cette installation permettait de se pencher au-dessus de l'eau tout en gardant les deux mains libres pour sortir les thons. Il y en avait un fixé en permanence à l'arrière de tous les thoniers.

– Mets-en deux, tant que tu y es, dit Foster. Peut-être que Bill pourra aussi pêcher un peu.

Il arrivait en effet que le thon se déplace lentement et que la présence d'un homme de barre ne s'impose plus.

Après avoir fixé les garde-corps, Yates et Denton ouvrirent le panneau d'écoutille et sortirent les épuisettes à appâts.

Foster aperçut l'autre bateau, à l'horizon, qui se rapprochait d'eux. C'est normal, raisonna-t-il, je me servirai en premier et l'autre pourra prendre le reste.

Yates et Denton vérifièrent les cannes et les leurres en plumes avec de solides hameçons sans barbillon.

Foster repéra enfin l'ombre sous-jacente au niveau de l'avion. Une ombre comparable au remous causé par une brise, et cependant différente.

– Voilà le remous, cria Foster. Dis à Sid que je les vois.

L'avion activa ses ailes puis poursuivit son repérage vers le sud.

Le remous se déplaçait très lentement, il semblait même quasi immobile. Ils allaient donc pouvoir pêcher tous les quatre.

J'ai seulement besoin de deux heures, se dit Foster, deux heures dans ce banc de thons et j'aurai assez d'argent. En un souffle, son être tout entier implora une force, vague et indescriptible, de lui accorder deux heures avec les thons.

Bill mena la *Santa Maria* en plein milieu des poissons et mit le moteur au ralenti. Dès qu'ils furent en bordure du banc, Yates et Denton commencèrent à puiser les *yellowtails* qui servaient d'appâts.

Foster sauta dans le garde-corps.

Les *yellowtails* touchèrent l'eau.

La mer entière sembla se désagréger brusquement autour d'eux : des dizaines de milliers de thons brisaient la surface de l'eau, se précipitant comme des éclairs sur les *yellowtails*.

Foster lança le leurre et vit le poisson – bizarrement, celui-là même qu'il s'attendait à voir – jaillir la gueule grande ouverte. Cette dernière se referma sur le leurre et Foster releva la canne d'un coup sec, se servant de l'élan du poisson pour le tirer en un arc de cercle de plus de deux mètres qui se termina sur le pont.

Le hameçon sans barbillon glissa de la gueule du thon. Un claquement de ligne et Foster jetait déjà un nouvel hameçon dans la gueule du thon suivant. Il entendait le bruit des thons pêchés par les autres frappant le pont derrière lui.

Foster pêchait si rapidement qu'un poisson avait à peine le temps de tomber sur le pont avant que le suivant ne fût hissé de l'eau.

Ce n'était pas un labeur trop physique, à condition de savoir s'y prendre. L'élan vorace des animaux les propulsait hors de l'eau ; la canne et la ligne se contentaient de les guider jusqu'au pont.

Bill pêchait aussi car le banc était immobile.

Les lignes crépitaient de manière quasi continue.

Les thons – animaux à sang chaud – frappaient convulsivement le pont de leur corps à l'agonie et contribuaient ainsi aux percussions des craquements de lignes et du sifflement écumeux du banc dévorant les *yellowtails*.

Un rythme étrange s'installa : claquement des poissons sur le pont, craquement des lignes, sifflement du banc, martèlement des thons mourants.

En dix minutes, ils avaient une tonne de thon sur le pont arrière, qui ruisselait de sang.

Quelqu'un, Yates ou Denton, balança cinq ou six autres seaux de *yellowtails* à la mer, dont la surface redoubla de bouillonnements sous la pression frénétique des poissons.

Dix minutes plus tard, une nouvelle tonne de thons tambourinaient pour leur survie sur les corps de leurs semblables, mais maintenant que la queue des animaux frappait de la chair plutôt que du bois, ils n'émettaient plus le même son.

On balança le reste des *yellowtails* par-dessus bord et la surface de l'eau fit encore éruption.

Ne quittant pas le banc des yeux, Foster continuait à jeter le leurre dans les gueules béantes, à propulser les poissons frétillants sur le pont, à craquer la ligne pour la relancer – tout cela en un mouvement circulaire ininterrompu. À chaque coup d'épaule, il sortait de l'eau une bête de vingt kilos.

Il lui fallait encore une heure et demie, encore une heure et demie, c'est tout ce qu'il demandait.

Le sifflement des thons monta en un beau crescendo, puis le banc disparut.

La surface de la mer redevint calme.

Plus rien.

Le changement était survenu entre le moment où Foster avait jeté un poisson sur le pont et celui où son leurre était retombé dans l'eau. Un simple craquement de sa ligne, et le leurre était tombé dans le vide.

Quelque chose les avait effrayés. Foster se hâta de remonter sur le pont, rangea sa canne et grimpa dans le nid-de-pie.

– Démarre ! hurla-t-il à Bill, en scrutant l'océan pour repérer la sombre tache mobile.

Bon sang ! Ils ne devaient pas être bien loin. Ils ne pouvaient pas être bien loin. Il était si près de réussir. Il ne pouvait pas abandonner si près du but. Il avait sous la main un banc de thons d'une valeur excédant les mille livres. Il devait les pêcher. Dieu du ciel, où étaient-ils donc partis ?

Mais le soleil étincelait joyeusement sur l'eau, tandis qu'une houle d'est, légère, lisse et bleue, coiffait la mer qu'aucun remous de thons n'interrompait.

Au coucher du soleil, Foster franchit la barre de Bernadine et les quatre hommes déchargèrent les deux tonnes et demie de thon dans les camions de la conserverie. Ils les jetaient directement de la cale dans le camion. Il leur fallut plus longtemps pour les décharger qu'il ne leur en avait fallu pour les pêcher.

Ils n'avaient ramené que deux tonnes et demie. Ce qui équivalait à deux cent quinze livres, moins la vingtaine qu'il devait à Yates et Denton.

Ce n'était pas suffisant, loin de là.

10

– C'est loin d'être suffisant, dit Foster à sa femme. Sacré nom d'un chien, si j'avais pu pêcher deux ou trois heures de plus, j'aurais eu le compte ! J'ai pas besoin d'un gros coup de veine, j'y étais presque.

– Arrête de boire ça, lui dit Katey.

D'un geste gauche, Foster se versa un verre de cognac qu'il allongea avec de l'eau du robinet.

– Ça va s'arranger, dit-il avec humeur.

– T'es à moitié pinté.

– Et alors ?

– C'est pas ça qui va t'aider.

Foster avala la moitié du verre d'une seule goulée.

– T'aurais jamais dû acheter ce bateau, Jack.

– Bordel de merde, je vois vraiment pas l'utilité de me raconter de tels trucs maintenant ! Je l'ai acheté et il va falloir que je le paie.

– D'accord, Jack, d'accord. Excuse-moi. Tu crois que tu réussirais à le revendre ?

– J'ai aucune intention de le revendre. Je veux ce bateau et je vais le garder.

– Le cognac te réussit pas, Jack, lui dit Katey. Va donc acheter quelques bières si tu tiens à boire.

– Ça me va très bien, dit Foster en vidant son verre et en se reversant de l'alcool, sans se préoccuper d'ajouter de l'eau, cette fois-ci.

– S'il te plaît, va te coucher, Jack.

– Oh, nom de Dieu, mais tu peux pas me ficher la paix ? Je vais faire un tour.

*
* *

Foster descendit jusqu'en ville avec cette intensité solennelle que confère l'ébriété. Il était conscient du tournoiement lumineux des étoiles et de la lueur diffuse des réverbères, des maisons et des rangées de vitrines : c'était l'environnement dans lequel il évoluait. L'alcool lui permettait de s'éloigner de son ancrage habituel dans la réalité matérielle.

Le pub était encore ouvert et, mécaniquement, Foster se dirigea vers l'entrée. Mais il s'arrêta. À l'intérieur, les gars étaient au courant de ses ennuis. S'il entrait, ils ne manqueraient pas de l'accueillir chaleureusement et de boire un verre avec lui, mais Jack savait qu'ils préféraient ne pas le voir.

Ce sentiment ne lui était pas étranger. C'est comme quand vous rencontrez un type dont la femme vient de mourir : vous lui parlez, vous compatissez, vous lui payez un canon, mais vous êtes mal à l'aise et vous vous barrez dès que vous pouvez décemment le faire.

Il fit demi-tour et descendit vers le port. La nuit était limpide, tranquille. Le doux grondement des vagues se mesura un temps aux bruits humains du pub, puis remporta le combat. L'odeur nocturne de la mer tamponnait d'images son cerveau embrumé et il adopta la démarche chaloupée d'un homme en mer.

Foster regarda longuement la *Santa Maria* amarrée au quai principal. Sombre et volumineuse, elle tanguait au bout de ses amarres, au rythme du courant de la rivière.

Il la revit telle qu'il l'avait vue la première fois, ancrée au fond de l'océan par cette chaîne fatale.

– Je jure devant Dieu que j'aurais préféré ne jamais voir ta sale gueule, lui dit-il à voix haute.

Mais il ne le pensait pas vraiment. Il voulait ce bateau avec une passion qui s'apparentait à un désir charnel.

Il se laissa lourdement tomber sur l'avant-pont. Les amarres de la *Santa Maria* se tendirent brusquement et Foster trébucha.

– Saloperie de vieux rafiot métèque, pourri, puant et rongé par les vers, dit-il en essayant d'aviver sa colère contre l'objet qu'il aimait.

Il s'assit sur le panneau d'écoutille.

– Mille misérables livres, mille misérables satanées livres.

Il se pencha et caressa le plancher du pont qu'une légère rosée avait rendu froid et humide.

– Ce bateau est à moi, dit-il. Ce bateau est à moi.

Comme si, en répétant ces mots, il parviendrait à dissiper cette barrière d'argent qui se dressait entre lui et la franche possession du bateau.

– Et merde ! dit-il d'une voix forte en donnant un coup de poing sur le panneau.

La porte de la cabine s'ouvrit et Bill en sortit. Il regarda devant lui et crut un moment que les énormes épaules surplombant l'écoutille faisaient partie du bateau, tant elles étaient immobiles. Puis le poing s'abattit à nouveau sur le bois.

– C'est toi, Jack ? demanda Bill.

Foster se retourna lentement.

– Salut, Bill.

– Salut, Jack, qu'est-ce qui va pas ?

– Qu'est-ce qui va pas ? On se demande bien ce qui pourrait pas aller, nom de Dieu ! Et d'abord, va te faire foutre, toi, espèce de sale Noir.

Bill grimpa sur le pont.

– Qu'est-ce t'as, Jack ? T'es pinté ?

– Pinté ? Je suis bourré comme un coing, oui.

– Tu veux boire un coup ?

– Oui.

– J'ai du rhum.

– Je me fous bien de ce que c'est. Verse donc, mon pote, verse à flots.

Bill sortit les tasses en fer émaillé dans lesquelles ils buvaient le thé, en mer. Il les emplit à moitié d'un rhum corsé, puis compléta avec de l'eau.

– Où est la bouteille, espèce de vieux saligaud noir ? dit Foster en prenant l'une des tasses.

– Dans la cabine, Jack, dit Bill d'un ton apaisant, sans s'offenser des propos de Foster.

Les paroles d'un homme n'avaient pas grand-chose à voir avec ce qu'il ressentait vraiment. L'art de la communication ne passait pas par les mots. Bill était parfaitement conscient que la rage et les insultes de Foster n'étaient pas dirigées contre lui, même s'il se gardait bien d'y faire allusion. C'était comme ça, voilà tout.

Foster but son rhum comme de la bière et Bill alla chercher la bouteille et une casserole pleine d'eau dans la cabine. Il remplit la tasse de Foster du même mélange. Si ce dernier voulait prendre la cuite de sa vie, ce n'est pas Bill qui allait l'en empêcher.

– T'as pas trop le moral, Jack ? se hasarda-t-il à demander.

– Ça va, dit Foster en descendant le rhum d'un trait.

Les deux hommes restèrent assis, silencieux, pendant quelque temps.

– Ça fait rien, finit par dire Foster.

– Qu'est-ce qui fait rien, Jack ?

– Rien fait rien à rien, bordel. Et même ça, ça fait rien.

Bill réfléchit à cela quelques instants.

– C'est les métèques qui te sapent le moral, Jack ?

– Qu'ils aillent se faire foutre, les métèques !

– C'est des pourris, dit Bill sans originalité.

– Les métèques, dit doucement Foster. Les métèques. C'est pas des mauvais bougres.

– Quoi ? Après ce qu'ils t'ont fait ?

Foster ricana dans son rhum.

– Ils m'ont rien fait, abruti de sale Noir. C'est moi qui ai tout fait.

La lucidité de l'ivresse illumina le cerveau de Foster. Il était à peine conscient de la présence de Bill. Ça n'aurait rien changé, de toute façon : il parlait à Bill comme il aurait parlé à un chien, il se parlait à lui-même, plutôt qu'au chien.

– L'homme finit toujours par merder. C'est de famille chez moi ; c'est ce qu'a fait mon vieux.

– Ouais, mais Jack, ces putains de métèques...

– Laisse tomber les putains de métèques. Ainsi va la vie, un point c'est tout.

Foster réfléchit quelques instants, puis répéta :

– Ainsi va la vie, un point c'est tout.

Il termina sa tasse de rhum, Bill la lui remplit. Le monde commençait à lui échapper. Il se retrouvait seul, face à lui-même, dans l'obscurité étouffante de son être.

– On fait ces trucs parce qu'on y est obligé, se dit-il, ou dit-il à Bill ou à la présence à côté de lui, quelle qu'elle soit.

Il semblait perdu en lui-même.

Il hocha la tête.

– Remarque, dit-il d'un ton raisonnable, je suis pas encore foutu. Pas encore, mais c'est dur de comprendre comment j'en suis arrivé là. On fait ces trucs parce qu'on y est obligé. Non. C'est faux. On fait ces trucs parce qu'on a pas d'autre choix. Pas d'autre choix. On dirait que c'est la même chose, mais c'est différent.

Il avala une autre gorgée. Du rhum dégoulina sur ses jambes, il le nettoya d'un geste solennel.

– On dirait que c'est la même chose, mais c'est différent.

Bill alluma une cigarette et, à la lueur de l'allumette, il vit le visage imbibé d'alcool de Foster, ses yeux mi-clos perdus dans l'eau.

– Ça fait rien, répéta Foster. C'est drôle, mais l'homme se retrouve toujours seul. T'as beau avoir une femme, des gosses, une maison et tout le tintouin, tu te retrouves face à toi-même quand c'est le moment. Et c'est toi qui fous tout en l'air.

La tasse de rhum, négligée, lui glissa des doigts et roula bruyamment sur le pont. Bill songea que, si Foster ne voulait plus de rhum, il aurait pu le lui rendre, mais il s'abstint de commentaire. Jack était manifestement troublé par quelque chose, mais si ce n'était pas à cause de ces métèques, de quoi pouvait-il bien s'agir ?

– Je le voulais, ce bateau, tu sais, dit Foster comme s'il était ailleurs, en un tout autre endroit. C'est bien ça, le problème. Je le voulais, ce bateau. Je le voulais pour ma femme et mes gamins.

Il se redressa.

– Mais non, bordel, c'est pas vrai ! Je le voulais parce que je le voulais et, sacré nom de Dieu, je vais me démerder pour l'avoir.

Foster se leva, regagna péniblement le quai et grimpa la colline d'un pas bruyant, vers sa maison. Bill le regarda partir, perplexe, puis il récupéra la bouteille, la casserole et les tasses, et regagna la cabine.

Foster zigzagua avant d'arriver chez lui où Katey l'attendait, loin d'être bien disposée à son égard.

11

Les belles journées de septembre défilaient ; le thon ne revint pas.

Un fonctionnaire apporta une sommation du tribunal : si Foster ne versait pas le solde de la transaction, il devrait rendre le bateau sans pouvoir récupérer l'acompte qu'il avait versé. L'employé qui lui donna la lettre ne faisait que son boulot, Foster le savait, mais il ne fut pas moins vivement tenté de le soulever de terre et de rompre tous les os de son corps en le jetant sur le bossoir de la *Santa Maria*. Mais ç'aurait été futile ; il accusa donc réception de la lettre tandis que l'homme poussait un grognement compatissant avant de disparaître. Foster avait deux semaines devant lui.

Les prises étaient bonnes plus au sud et Foster envisagea de s'y rendre, mais il savait que ce n'était pas rationnel. Le thon pouvait apparaître n'importe où sur les trois cent cinquante kilomètres du littoral. On pouvait aller à cent milles de son port d'attache pour s'apercevoir en rentrant que le thon s'était montré à cet endroit-là. Les journées se suivaient et se ressemblaient, calmes et longues, du lever au coucher du soleil : ils parcouraient dix, vingt ou trente milles en mer et attendaient, attentifs aux allers et retours de l'avion de la conserverie, pêchant parfois quelques kilos de vivaneaux, mais se contentant la plupart du temps de se laisser bercer par les vagues.

Un jour, ils laissèrent filer une ligne de fond et ne prirent qu'un grand requin blanc. Il s'était emmêlé dans près d'un kilomètre de ligne. Pour le dégager, Foster dut le découper en morceaux sur le côté de la *Santa Maria*.

Tandis que le corps mutilé mais encore vivant du requin coulait, ils virent un bateau avec d'étranges lignes approcher à toute vapeur.

– C'est les Japs, dit Yates.

– C'est trop tôt, répondit Foster.

*
* *

Les bateaux japonais passaient huit mois de l'année en mer et, autour du mois de décembre, ils longeaient la côte de Nouvelle-Galles du Sud, en quête du thon albacore géant, un poisson qui fait près de deux mètres de long et qui pèse jusqu'à quarante kilos. Ils le pêchaient en laissant filer pendant des jours des kilomètres de lignes de fond.

Plus d'un bateau de pêche australien s'était équipé de lignes de fond en attendant que les bateaux japonais laissent filer les leurs et disparaissent à l'horizon : il ne leur restait plus qu'à aller les voler.

– Je connais un type à Malanda qui a piqué pour pas loin de deux mille livres de lignes aux Japs la saison dernière, dit Yates.

Foster observait attentivement l'étrange bateau.

La ligne pouvait facilement être revendue moitié prix. Il ne voyait pas d'inconvénient à gagner du fric de cette manière.

Entre eux, les pêcheurs de Nouvelle-Galles du Sud étaient d'une honnêteté irréprochable, mais, à leurs yeux, les Japonais étaient encore plus éloignés de la race humaine que les Italiens.

L'étrange bateau poursuivit cependant sa route sans laisser filer de lignes de fond.

*
* *

À Bernadine, Foster remarqua qu'on l'évitait de plus en plus. On l'aimait bien, ce n'était pas la question, mais les gens sentaient la malchance lui coller à la peau, ce qui les mettait mal à l'aise. Comme en présence d'une personne malade, ils se sentaient impuissants, désarmés et préféraient ne pas être confrontés à elle.

Même Rod Armstrong, quand il vint lui annoncer qu'on avait proposé de le décorer pour son acte de bravoure en mer, bafouilla quelques mots d'un air gêné et repartit le plus rapidement possible.

– Une médaille ! maugréa Foster. Une putain de médaille. C'est vraiment ce dont j'ai besoin, tiens, j'en ai besoin comme d'une balle dans la tête.

*
* *

Pendant tout ce temps-là, Foster ne revit qu'une seule fois les Italiens qui lui avaient vendu la *Santa Maria*. C'était au tribunal lors de l'enquête sur le décès de leur frère. Ils semblaient très différents ce jour-là, dans la raideur de leurs costumes du dimanche.

Comme on s'y attendait, le coroner décréta qu'il s'agissait d'une mort accidentelle et Foster quitta le tribunal avec Armstrong. Quelques Italiens attendaient leurs compatriotes à l'extérieur, tous en costumes du dimanche. Ils observèrent Foster d'un œil curieux quand il passa devant eux.

– Je parie qu'ils ne t'ont jamais remercié pour ce que tu as fait, dit Armstrong.

L'idée de remerciements n'avait pas traversé l'esprit de Foster. Il avait fait son devoir, un point c'est tout. Par ailleurs, il se doutait bien que les Italiens devaient principalement s'inquiéter de savoir s'ils allaient ou non être payés. Ils ne voyaient plus en Foster l'homme qui avait essayé de sauver leur frère : ils voyaient quelqu'un qui leur devait de l'argent.

– Non, finit-il par répondre à Armstrong.

Les Italiens s'entassèrent dans deux voitures et partirent.

– Ils ont rapidement changé d'avis : on dirait qu'ils ne repartent plus en Italie, observa Armstrong.

– Ouais, fit Foster d'un ton indifférent.

– Il paraît que ces salopards ont déjà acheté un autre bateau.

– Sans blague ?

– Drôles de gugusses.

– Oui. C'est de drôles de gugusses.

*
* *

Dix-neuf jours après avoir acheté la *Santa Maria*, Foster rentra au port après une journée infructueuse et régla les comptes avec Yates et Denton. Il ne leur devait que vingt livres qu'ils se partagèrent.

– Désolé, c'est pas grand-chose, dit-il.

– C'est pas grave, Jack, dit Yates.

– Dommage qu'on soit pas tombés sur un autre banc, ajouta Denton.

Les deux hommes n'étaient pas inquiets. Ils savaient qu'ils trouveraient sans peine un autre thonier et qu'ils finiraient par faire quelques bonnes prises pendant la saison.

– En tout cas, on t'a jamais payé le coup qu'on te devait, dit Yates.

Foster comprit ce qu'il voulait dire... C'était une allusion gênée au fait qu'il leur avait sauvé la vie.

– Ouais, faudra qu'on y songe, un de ces jours.

– Bon, ben, à bientôt, Jack. À la prochaine.

– À bientôt, Jack.

– À bientôt.

Les deux hommes prirent la route blanche qui montait au pub. Ils n'avaient pas été surpris que Jack règle leur solde. Ils savaient que c'était le dix-neuvième jour.

– Ah, il a pas de bol, ce pauvre bougre ! observa Yates.

– Eh oui, renvoya Denton. Enfin, ainsi va la vie.

12

Le vingtième jour après l'achat de la *Santa Maria*, Foster ne prit pas la mer.

Il se leva tard, conduisit ses enfants à l'école, puis revint à la maison.

Sa femme ne lui fit aucune remarque. Elle s'était repliée dans sa propre sphère d'inquiétude et attendait, abasourdie, que frappe le désastre.

À neuf heures et demie, au volant de la Bedford, Foster se rendit sur la côte pour voir le notaire qui s'était occupé de la vente.

– Je n'ai pas pu rassembler les fonds, expliqua-t-il. Que va-t-il se passer, maintenant ?

Le notaire passa la main sur son crâne dégarni.

– Eh bien, ce que je vous avais expliqué avant. Comme vous le savez, le délai expire demain et vous êtes légalement tenu de rendre le bateau aux vendeurs.

– Et si je ne le fais pas, que se passe-t-il ?

– J'ai bien peur que vous n'ayez guère le choix. Un huissier de justice serait obligé de saisir le bateau. Vous seriez en possession d'un bien illégal, à moins que vous ne réussissiez à obtenir une dérogation du tribunal et, à mon avis, c'est du domaine de l'impossible. Cette affaire est vraiment regrettable.

– Et tout va se passer demain ?

– Deux semaines après l'envoi de la sommation, c'est bien demain, n'est-ce pas ?

– C'est ça. Donc, je n'ai aucun recours, d'après vous ?

– Aucun, malheureusement, dit le notaire. Je me suis permis de conseiller un peu de souplesse aux vendeurs, vu les circonstances, mais ils ne veulent rien entendre.

– Alors j'ai tout perdu, dit Foster. Même l'acompte ?

– C'est effectivement le cas, je le regrette.

– Bon, dit Foster. J'ai besoin d'être conseillé à propos d'autre chose. Je vous paierai pour vos services.

– Je vous en prie, allez-y, monsieur Foster.

– J'ai acheté un pick-up à crédit. Je dois plus qu'il ne vaut. Que se passe-t-il si je le rends au type qui me l'a vendu ?

Le notaire ébaucha un sourire.

– Décidément, pour un pêcheur, vos finances sont bien compliquées.

– Je ne vous le fais pas dire.

– Bien, dit le notaire en se penchant vers Foster. Je vais vous expliquer la procédure. Théoriquement, la compagnie vend le véhicule au prix du marché et vous somme de verser la différence, s'il y en a une, ou vous rembourse, si le véhicule rapporte plus que vous ne devez.

– Je vois.

– Mais j'ai bien dit : théoriquement. Si je ne vous parlais pas en qualité de notaire, je n'hésiterais pas à vous suggérer que c'est un cas de figure qu'on ne rencontre pratiquement jamais. Voyez-vous, les concessionnaires recourant à ces méthodes n'aiment pas attirer l'attention sur leur pratique car ils prêtent beaucoup trop sur les véhicules. Je les ai déjà vus délivrer des sommations, mais si une notice de défense est enregistrée, il est très rare qu'ils mènent l'affaire devant la justice.

– Je ne vous suis plus, dit Foster.

Le notaire se recula dans sa chaise.

– Non ? Bien, pour vous expliquer ça plus clairement – et je vous rappelle encore une fois que je ne vous parle pas en qualité de notaire –, si vous voulez vous soustraire à un tel contrat, retournez chez le concessionnaire et contentez-vous de déposer votre véhicule. S'il vous envoie une sommation, revenez me voir et nous déposerons une notice de défense.

– Bien, dit Foster en se levant. Merci beaucoup. Il me reste une dernière question.

– Oui.

– Supposons – je dis bien supposons – que je ne paie pas demain, qu'ils ne puissent pas mettre la main sur le bateau et que je finisse par revenir avec l'argent. Seraient-ils obligés de l'accepter ?

Le notaire éclata de rire.

– C'est une question que l'on ne devrait jamais poser à un notaire.

– C'est exact. Mais seraient-ils obligés d'accepter l'argent ?

– C'est une perspective intéressante. Je crois que je comprends où vous voulez en venir. Naturellement, je ne me risquerai pas à présumer de vos intentions. Hum... voyons voir. Disons que, si l'huissier finissait par mettre la main sur ce bateau fictif et que le pêcheur fictif lui donnait immédiatement un chèque, il me semble que l'officier de police accepterait l'argent et que toute action en justice ultérieure basculerait en faveur du pêcheur fictif.

– Vous pouvez répéter ? demanda Foster.

– Je crois que vous vous tireriez d'affaire, mon gars. Mais je nierais catégoriquement vous avoir conseillé de prendre une telle décision.

*
* *

Foster alla chercher deux barils de gasoil de cent litres chacun et les descendit au port.

– Arrime ces barils à l'arrière, dit-il à Bill. Et reste dans le coin ce soir. On ira chercher des appâts.

– D'accord.

Foster s'arrêta dans une agence d'assurances et prit une assurance-vie de cinq mille livres en cas de décès accidentel au cours des trois prochains mois.

– C'est entendu, Jack. Je m'en occuperai, dit l'agent.

– Je veux régler ça immédiatement.

– Je vais te préparer une notice intermédiaire et je t'enverrai la facture dans une ou deux semaines.

– Je veux régler ça immédiatement.

– Bon, d'accord, dit l'agent. Si ça te chante. Qu'est-ce qui se passe ? Tu prévois un tremblement de terre ou quelque chose dans ce genre ?

– Je veux juste régler ça.

– Je vais calculer combien tu me dois.

Foster se rendit à la banque pour retirer cent livres. L'employé regarda son formulaire, puis murmura qu'il en avait pour une minute, avant de disparaître à l'arrière.

Quelques instants plus tard, le directeur sortit de son bureau et fit signe à Foster de le rejoindre.

– Entre donc et assieds-toi, Jack. Voilà une quinzaine de jours que je ne t'ai pas vu. Comment ça va ?

Foster aperçut son formulaire de retrait sur le bureau.

– Tu sais très bien comment ça va, répondit-il.

– D'accord, tu n'as pas eu de chance ces derniers temps et c'est bien regrettable. Qu'est-ce que tu comptes faire ?

– Je ne sais pas.

Le directeur prit le formulaire.

– Tu sais que ça représente la limite de ton retrait autorisé. Après ça, tu ne pourras plus retirer un sou.

– Je sais, mais je peux effectuer le retrait, non ?

– Bien sûr, tu le peux. Mais tu as un autre remboursement à effectuer sur la maison la semaine prochaine.

– Je le sais.

– Plus la deuxième hypothèque.

– J'ai bien quelques mois avant de m'en occuper, non ?

– C'est vrai, mais franchement, Jack, c'est pour cela que je n'aime pas ces méthodes financières peu orthodoxes. Cette affaire m'a mis dans une position très délicate.

– De quoi t'inquiètes-tu ?

– Si tu ne peux pas rembourser tes emprunts, la banque sera dans l'obligation de liquider tes biens, tu en es conscient, Jack ?

– Et alors ?

– Et alors, je me disais que, vu les circonstances, ce ne serait peut-être pas une mauvaise idée de penser à mettre ta maison sur le marché. Et penses-tu vraiment (ajouta-t-il en regardant le formulaire), penses-tu vraiment que ce soit une bonne idée de dépenser davantage dans l'immédiat ?

– Écoute, tu peux me donner mon argent, oui ou non ?

– Mais ça n'a rien à voir, Jack. Je suis tenu d'autoriser ton retrait, ça fait partie de notre accord. La banque respecte toujours ses engagements. Je me disais seulement qu'un petit mot n'aurait pas fait de mal.

– Contente-toi d'effectuer le retrait.

– Si c'est ce que tu veux, dit le directeur, vexé. Mais c'est ce type même de situation que nous essayons d'éviter dans le monde de la finance. Nous n'aimons pas prêter d'argent pour les projets hasardeux.

– Contente-toi d'effectuer le retrait, répéta Foster.

*
* *

Il dépensa cinq livres pour acheter des vivres qu'il descendit sur le bateau.

– Range-moi tout ça, dit-il à Bill. As-tu arrimé les bidons ?

– C'est fait. On part en voyage ?

– Je te tiendrai au courant. Je serai de retour dans une heure ou deux, faut que je passe voir un mec sur la côte.

*
* *

Le concessionnaire reconnut Foster et le salua avec un soupçon de méfiance.

– Que puis-je faire pour vous ?

– Je vous ramène votre Bedford. J'en veux pas, dit Foster.

Le vendeur lui lança un regard sévère.

– Qu'est-ce que vous voulez ? Que je la vende pour vous ?

– Je m'en moque. Je vous la rends, voilà tout.

– Ça risque de vous coûter assez cher.

– Ah bon ? En attendant, voilà les clés.

– Écoutez, mon pote. C'est pas mon affaire, il faut vous arranger avec la compagnie de crédit.

– Eh bien, dites-leur que je vous l'ai rendue.

– Ça va vous coûter quelques livres. Ils vont la vendre aux enchères et ils n'en tireront pas grand-chose. Vous allez être obligé de régler la différence.

– Très bien, dit Foster, on verra.

– Écoutez-moi, mon pote. J'ai vendu votre pick-up pour vous rendre service. Vous vouliez du liquide, je vous en ai donné et je vous ai procuré un autre véhicule. Je trouve ça plutôt dégueulasse de venir me le rendre comme vous le faites.

– Vous voulez les clés, oui ou non ?

– Non, je refuse de les prendre. Je ne veux pas me mêler de ça.

Foster jeta les clés à ses pieds.

– À plus tard, dit-il.

Le concessionnaire l'observa sortir du garage et descendre la rue, puis il se baissa et ramassa les clés.

– Espèce de salopard, dit-il d'un ton mauvais.

*
* *

Foster rentra en stop à Bernadine, puis monta à pied jusque chez lui. Sa femme était dans la cuisine.

– Écoute, ma vieille, lui dit-il. Je vais partir cette nuit.

– Comment ça, tu vas partir ? demanda-t-elle d'un ton abrupt.

– Voilà où j'en suis : si je reste ici demain, ils vont saisir le bateau. Et alors là, je serai dans de beaux draps ! Sans bateau et endetté jusqu'au cou. C'est hors de question.

– Et alors ?

– Je te laisse un peu de fric. Quatre-vingt-dix livres en tout. Paie ce que tu dois payer en attendant que je revienne.

– Et qu'est-ce que tu comptes faire ? demanda Katey, que la peur mettait hors d'elle.

– Je vais rester en mer jusqu'à ce que je touche du thon. Alors écoute-moi bien, je veux que tu me rendes un service. Quand j'aurai une prise, je contacterai Rod Armstrong par radio et je lui demanderai de te prévenir. Je vais te laisser un chèque de mille livres, signé. Quand Rod te contactera, je veux que tu portes cette sommation et le chèque au tribunal. Mais écoute-moi bien, c'est important : je n'ai pas daté le chèque. Quand Rod te préviendra, c'est toi qui le dateras, de la date du lendemain. Tu me suis ?

Son épouse le regardait d'un air abasourdi.

– Tu comprends ce que je veux faire ? demanda-t-il durement. Sur le chèque, tu marques la date du lendemain où Rod t'avertit ; ça me donne le temps de toucher l'argent de la conserverie.

– Mais où vas-tu ?

– Je vais rester en mer jusqu'à ce que je trouve du poisson.

– Mais ça risque de prendre des semaines.

– Dans ce cas, je resterai des semaines. Comme je mouillerai nulle part pour éviter qu'ils me mettent le grappin dessus, je ne pourrai donc pas te donner de nouvelles, mais ne t'en fais pas.

– Ne t'en fais pas ! hurla Katey, proche de l'hystérie. Mais pour qui tu me prends, nom de Dieu ?

– D'accord, d'accord. Écoute, ma vieille, je regrette vraiment, mais je n'ai pas d'autre solution.

– Si tu rendais le bateau et que tu arrêtes de faire des conneries ?

Elle avait élevé la voix.

– Il n'est pas question que je le rende, dit Foster d'un ton sans appel.

– Mais tu ne peux pas rester en mer indéfiniment. Et s'il y a une tempête ?

– Je me débrouillerai. En cas de mauvais temps, je peux toujours m'abriter près d'une île.

Sa femme lui lança un regard désespéré.

– Je suis désolé, ma vieille, mais c'est comme ça et pas autrement. Y a autre chose aussi, mais ne prends pas tout ça trop au sérieux, j'ai pris une assurance-vie, au cas où. Tout est réglé et tu recevras les papiers dans quelques jours. Si quelque chose m'arrive, tu toucheras cinq mille livres. Ça finira de payer la maison, le reste, et ça te permettra de te retourner.

– Va te faire fiche, je t'interdis de parler comme ça, hurla-t-elle. Laisse donc tomber cette affaire désastreuse et idiote. Rends-leur leur satané thonier ! Tu trouveras du boulot et on s'en sortira.

Des larmes coulaient sur ses joues. Foster ne l'avait pas vue pleurer depuis dix ans. Il envisagea vaguement la possibilité de suivre ses conseils, mais il en fut empêché par un barrage de peur obstinée qu'il était incapable de reconnaître ou de comprendre.

– Je dois faire ce que j'ai à faire, dit-il. Tout va s'arranger, je vais trouver du thon et on va s'en sortir, tu vas voir. Bon, tu m'as bien compris pour cette histoire de chèque ?

Elle se tourna brusquement vers la cuisinière.

– Je comprends, dit-elle.

– À partir de maintenant, je ne vais plus pouvoir te donner de nouvelles. Ils essaieront sans doute d'établir un contact radio, mais je ne répondrai pas pour éviter qu'ils me poursuivent. Ça m'étonnerait, mais on ne sait jamais : je ne répondrai pas. Bon, tu es sûre que tu as bien compris pour le chèque ?

– J'ai compris, répondit-elle en lui tournant le dos.

Elle mit le nez dans sa casserole.

– Bon, dit Foster. Je ferais mieux d'y aller dans ce cas. À bientôt.

– Au revoir, dit sa femme d'une voix blanche.

Foster hésita un moment, puis il partit.

Elle ne se retourna pas.

13

Foster descendit la route sablonneuse du quai où était amarrée la *Santa Maria*. L'après-midi tirait à sa fin et l'embouchure de la rivière se teintait de pourpre et d'argent sous le soleil couchant. Sur la berge, les mouettes mangeaient et voletaient sans se soucier de lui. Mis à part leurs cris, tout était calme et Foster entendait clairement le bruit sourd de ses bottes sur le sable blanc.

Quand il monta sur le quai, il remarqua le changement de bruit de ses pas. Assis à l'avant du thonier, Bill salua Foster d'un hochement de tête.

Foster était indécis : que faire vis-à-vis de Bill ? Sans lui, il n'avait pas la moindre chance de ramener une bonne prise de thons. Il songea à l'emmener sans rien lui dire, mais ce sale Noir devait tout de même avoir le droit de savoir dans quel guêpier il se fourrait.

– Écoute, Bill. Tu sais que j'ai quelques ennuis.

Depuis la nuit où il s'était saoulé, c'était la première fois que Foster abordait avec lui le sujet de ses « ennuis ».

– Ouais, répondit Bill.

– Je dois rembourser beaucoup d'argent sur ce bateau d'ici demain et j'ai aucune chance d'y arriver. Donc, voilà, je vais prendre la mer et y rester jusqu'à ce que je touche du thon. Tu veux venir ?

– Ouais.

– On va peut-être rester longtemps.

– Ouais.

Foster examina le visage noir et impassible qui tirait sur un mégot de cigarette roulée et tachée. Puis il haussa les épaules et le rejoignit sur la *Santa Maria*.

La marée descendait. Foster largua l'amarre avant et la proue s'engagea dans le courant. Il largua l'amarre arrière et le bateau dériva dans la rivière.

Foster distinguait les clients du pub en train de boire sous la véranda, en haut de la colline. Ils devaient le regarder partir en se demandant ce qu'il manigançait. L'agent d'assurances avait sans doute raconté son histoire d'assurance-vie dans toute la ville. Tout le monde savait aussi qu'il avait fait un énorme emprunt à la banque. Ils devaient être en train d'en discuter à l'instant même et de se poser des questions, mais la plupart des pêcheurs avaient probablement deviné ses intentions.

Foster vira à bâbord et s'engagea dans le chenal qui menait à la mer. La *Santa Maria* était encore dans les eaux calmes, protégées par les rochers déchiquetés, au bout de la langue de terre.

La marée descendante aplanissait la mer et il n'eut aucun mal à repérer la barre. Le bateau se mit à tanguer dans les eaux plus agitées proches de la barre de sable, et Foster mit le cap à tribord, ouvrit les gaz et franchit la barre de Bernadine.

Derrière eux, les contours de la ville se découpaient en noir sur l'orange enflammé de l'ouest.

Foster s'imagina que, depuis la véranda du pub, les gars étaient toujours en train de l'observer, le verre à la main, et qu'ils évaluaient ensemble ses chances de s'en tirer.

Il eut soudain envie d'allumer la radio.

– ... me reçois, Jack ? Rod Armstrong ici, j'appelle la *Santa Maria*. Tu me reçois, Jack ? Rod Armstrong ici, j'appelle la *Santa Maria*. Tu me reçois, Jack ?

– Je te reçois, Rod.

– Où vas-tu, mon pote ?

– Chercher des appâts vers Marabell.

– T'as pas de canot, Jack.

– Je sais, je pêcherai sur la plage.

– Tu te facilites pas la tâche, comme ça.

Jack ne répondit rien.

– Tu comptes revenir quand, Jack ?

– Quand j'aurai fini, dit Foster.

– Tu reviens cette nuit ? demanda Armstrong.

– Faudrait que j'aie vraiment pas de chance pour que ça me prenne aussi longtemps.

– Écoute, Jack... dit Armstrong, mais il s'interrompit.

Foster savait qu'il était conscient de tous les récepteurs qui pouvaient capter leur échange.

– ... préviens-moi avant de rentrer au port, d'accord ?

– Tu peux compter sur moi. Terminé, dit-il avant d'éteindre la radio.

Il se demanda si Armstrong serait aux côtés de l'huissier et des Italiens quand il finirait par rentrer.

Foster mena la *Santa Maria* dans la petite rade de l'îlot de Marabell ; une baie étroite, bordée de rochers des deux côtés et se terminant par un banc de sable blanc. À l'est, près de son entrée, une jetée en pierre servait à décharger les vivres destinés au phare. Quand la mer était forte, les vagues sautaient par-dessus le quai, recouvraient le banc de sable et se brisaient contre une barrière de rochers, mais, par temps calme, l'eau de la baie était parfaitement plate.

Foster éteignit le moteur et jeta l'ancre arrière.

Il se déshabilla, arrima une ligne au filet à appâts, plongea puis parcourut à la nage les quelques mètres qui le séparaient du rivage, en traînant la ligne. Il nageait rapidement et battait vigoureusement des bras et des jambes, au cas où un requin se trouverait dans les parages.

Une fois sur les rochers, il tira la ligne et Bill jeta le filet par-dessus bord. Foster parcourut le rivage en tendant le filet. Il se coupa le pied sur une huître et jura en le rinçant dans l'eau de mer.

Quand il revint sur le sable, il entra dans l'eau jusqu'à la taille en tirant le filet, qui se faisait lourd, de toutes ses forces. Il regagna les rochers en le ramenant jusqu'au-devant du bateau.

Bill lui lança un va-et-vient. Foster en attacha un bout au filet, puis plaça une lourde pierre sur la corde pour éviter qu'il ne dérive dans la baie. Il plongea et nagea vivement jusqu'à la *Santa Maria*, en ramenant le cordage.

À l'exception d'un espace d'une dizaine de mètres entre le bateau et les rochers, l'extrémité de la baie était maintenant quasiment encerclée par le filet.

Il faisait presque nuit.

– On ferait mieux de casser la croûte, dit Foster.

Bill posa une bouilloire sur le butagaz pour le thé. Foster ouvrit une boîte de viande hachée en conserve et découpa d'épaisses tranches de pain. Puis, de l'obscurité des rochers, derrière eux, s'éleva un grognement, un mugissement, suivi d'un énorme « plouf ! ».

– Tiens, un phoque, dit Bill.

– J'espère que cet abruti ne va pas venir par ici.

Si le phoque entrait dans la baie, il mettrait leur filet en lambeaux. Foster regretta de ne plus avoir la 303 et songea qu'il avait été bien con de la balancer par-dessus bord.

– T'as entendu l'histoire du phoque de Charlie Blair ? demanda Bill.

– Non. Vas-y.

Bill se mit à rire.

– Son vieux lui avait demandé de lui ramener une peau de phoque pour se faire un bracelet de montre. T'imagines un peu ? Une peau de phoque entière pour faire un putain de bracelet de montre ! Bref, un jour, Charlie tue un phoque, le ramène en bateau et passe l'après-midi à l'écorcher. Et je te dis que ça, c'est autant de boulot que d'écorcher une grosse vache.

Foster tartina son pain de beurre, renversa la viande sur un morceau de journal et la partagea en deux.

– Bref, poursuivit Bill, il finit par avoir son cuir, mais quelqu'un lui raconte qu'il faut le traiter avec du thé ; alors il met la peau dans son jardin et la fait tremper dans du thé.

– Sans blague ? dit Foster en plaçant sa moitié de viande entre deux tranches de pain.

– En moins d'une semaine, sa maison puait tellement que personne voulait s'en approcher et le cuir était devenu tout vert et gluant.

– Tu parles d'une surprise ! s'exclama Foster en riant.

– Alors, le pote de Charlie vient le voir et lui dit de le frotter avec du sel. Bon, Charlie et son vieux se protègent le visage avec des torchons et passent une autre demi-journée à frotter le cuir avec du sel. La puanteur a failli les tuer tous les deux. Il leur a fallu des jours pour s'en débarrasser.

– Ah bon ?

– Oui, mais attends, après ils s'en vont et laissent le cuir. Ils l'abandonnent dans le jardin, au soleil. Quand ils finissent par aller voir comment il sèche, le cuir est dur comme de la pierre. On aurait dit une grosse planche, grande comme la moitié de ce bateau.

La bouilloire siffla et Bill versa l'eau dans la théière. Il s'assit en face de Foster et prépara à son tour son sandwich de viande hachée.

– Bref, le vieux de Charlie n'a pas eu son bracelet de montre et ils n'ont jamais réussi à couper le cuir, même à la hache. La peau est toujours dans son jardin.

Les deux hommes mangèrent et burent ensemble ; le carré jaune et lumineux de la cabine se détachait dans l'obscurité de la baie.

Foster dirigea le tangon sur l'eau et la lumière éclaira le cercle presque complet formé par le filet. Un banc brun de *yellowtails* se précipita immédiatement vers la lumière. Foster tira sur la ligne qui reliait le filet au rivage afin de déloger la pierre, puis il le ramena vers lui en encerclant les hordes de petits poissons. Il commença alors à remonter le filet à bord, rétrécissant le cercle et comprimant la masse frétillante.

Foster et Bill se mirent à recueillir le fretin dans leurs épuisettes ; ils en jetaient des kilos dans le vivier. Quand ce dernier fut plein, ils ramenèrent le tangon, descendirent la lampe et rentrèrent le filet.

Foster leva l'ancre et dirigea la *Santa Maria* vers le large. Il préférait ne pas être repérable du rivage le lendemain.

Ils mouillèrent pour la nuit en bordure du plateau continental et dormirent sur le pont, les feux de navigation allumés car ils étaient sur la voie maritime du littoral.

D'ordinaire, ils se seraient confectionné un matelas avec le filet, mais, comme il était encore mouillé, ils s'allongèrent à même les planches du pont arrière.

La nuit était douce et paisible, et ils roulèrent leurs couvertures pour en faire des oreillers.

Foster leva les yeux sur les étoiles, blanches, froides et lointaines, qui scintillaient de tous leurs feux dans la profondeur noire des cieux. Les grincements que produisait la *Santa Maria* en tiraillant sur l'ancre étaient tendres et calmes. On entendait de temps en temps le clapotis des poissons du vivier ou une vaguelette se brisant contre la coque.

L'effluve humide et salé du filet à appâts ne quittait pas le bateau : c'était un mélange d'odeur de sel et, plus vive, de chair de poisson. Les planches avaient un doux parfum de bois ciré et de goudron.

Foster s'allongea sur le côté, le visage proche du pont, encore plus proche du bois propre. Il se mit à penser à Katey. Quand ils étaient au lit, elle était sans pareille pour lui passer la main...

*
* *

À l'aube du premier jour, la température de l'eau était de 14 degrés. Foster savait qu'il était inutile de grimper au nid-de-pie : les thons ne fréquentent jamais les eaux de moins de 16 degrés.

Il leva l'ancre et laissa la *Santa Maria* partir à la dérive.

Bill jeta une ou deux lignes. Il pêchait leur repas. Tous leurs espoirs de prise commerciale reposaient sur le thon. Le reste serait abîmé avant qu'ils ne regagnent le port.

Foster s'assit à l'avant du pont, le dos contre la vitre de la cabine, le regard perdu dans l'eau calme, d'un bleu vif. À neuf heures, l'avion de la conserverie les survola pour la première fois et Foster alluma la radio.

– VHDJA, VHDJA. Le bateau situé au nord-est de ma position, identifiez-vous.

Foster envisagea d'ignorer l'appel, mais il savait que l'avion pouvait facilement voler plus bas et l'identifier. Il s'empara du micro.

– Jack Foster. C'est toi, Sid ?

– Oh, écoute Jack, commença la voix. Ils ont essayé de...

Une autre voix s'interposa :

– C'est Rod Armstrong, Jack. J'étais sur le point de lancer une alerte générale. Ta radio n'était pas allumée ?

– Non.

– On se demandait pourquoi tu n'étais pas rentré la nuit dernière. T'as des difficultés ?

– Non.

– Tu comptes rentrer ce soir ?

– Possible.

– D'accord, Jack, dit Armstrong. Mais il va bien falloir finir par rentrer un jour, tu sais.

– Je sais.

Dans le silence qui suivit, Jack eut le sentiment qu'Armstrong voulait lui en dire plus, mais qu'il était conscient de tous les autres récepteurs à l'écoute.

– D'accord, Jack. Au revoir, termina Armstrong.

– Au revoir, dit Foster, avant de s'adresser à l'aviateur : Du poisson, Sid ?

– Non, Jack, l'eau est encore un peu froide, ça s'arrangera peut-être dans une heure ou deux.

L'avion avait pratiquement disparu de son champ de vision.

– À plus tard, Sid.

– À plus tard, Jack.

Le pilote était au courant, lui aussi, songea Foster. Tout le monde était au courant. Ce soir, ils seraient tous sous la véranda à se demander s'il allait rentrer. À présent, tout le monde devait aussi savoir qu'il avait acheté des vivres et personne ne devait complètement ignorer ses intentions. Il se demanda si la police allait envoyer un bateau à sa recherche. Ça n'avait guère d'importance, car le seul bateau de police de Bernadine était plus lent que la *Santa Maria*.

Il éteignit la radio. Il ne fallait pas compter sur un appel de l'avion tant que l'eau était froide. Le soleil matinal se réchauffa peu à peu. Foster quitta son maillot et se rapprocha de Bill ; il s'assit sur l'un des barils de gasoil arrimé au pont.

Le bateau se balançait au lent rythme de la houle longue et légère. Un phoque émergea de l'eau à une vingtaine de mètres de la poupe, tourna son visage bienveillant vers eux, puis retourna à ses affaires.

– C'est un mâle rejeté par les siens, dit Bill.

– Ah bon ?

– Il a voulu s'approprier une femelle qui n'était pas à lui. T'as déjà vu ça, Jack ?

– Non.

– Y a pas plus drôle, je te jure, dit Bill en débarrassant sa ligne avant d'accrocher un nouvel appât. L'an dernier, à peu près à cette époque, j'étais sur l'îlot et les gros mâles, les vieux, sont venus rassembler toutes les femelles qu'ils trouvaient. Puis un des vieux a essayé de piquer la femelle d'un autre et les deux papis se sont foutus sur la gueule, en grognant, grondant et mordant à qui mieux mieux.

Bill laissa à nouveau filer sa ligne.

– Y a pas plus rigolo à voir, parce que tous les jeunes mâles se tiennent juste au bord, et pendant que les vieux se mettent une plumée, ils s'approchent des femelles et les baisent à leur en faire tomber le cul.

– Tiens, les phoques ont des culs ? dit Foster en riant.

Puis, soudain, il lui demanda :

– T'as déjà été marié, Bill ? sans ressentir la moindre honte, ni même avoir conscience du cheminement manifeste de sa pensée.

– J'ai été marié, dans le temps.

– Et qu'est-ce qu'elle est devenue ?

– J'en sais rien. Elle n'est restée avec moi qu'une quinzaine de jours. C'était une Blanche, tu sais.

– Mince, et c'était quand ?

– Il y a cinq ou six ans. Je travaillais dans une ferme à Coolah. Un soir, j'ai pris une cuite au pub, j'ai rencontré cette femme et elle est venue s'installer avec moi. Elle est restée une semaine à peu près ; elle était vraiment bien. Elle faisait la cuisine et tout, tu sais, elle s'occupait de la lessive. Puis elle s'est mis en tête de m'épouser : elle voulait rien entendre, fallait qu'on se marie.

Bill marqua une pause et examina l'eau d'un air intrigué, puis il se mit à rire.

– Alors c'est ce que j'ai fait, je l'ai épousée ; c'est elle qui a tout organisé. On est allés en ville et je me souviens qu'elle m'a obligé à me raser de près, et on nous a mariés, c'est sûr. On est revenus dans notre tente et, pendant une quinzaine, tout allait bien, puis, un beau jour, elle est partie. Sans dire pourquoi, elle s'est levée un beau matin, m'a dit qu'elle partait et elle est partie. Drôle de femme...

Foster rit.

– C'est peut-être pas pire comme ça, dit-il.

– Je sais pas. J'aimais bien la vie de couple.

– Tu devrais réessayer un de ces jours.

– Pas question, dit Bill en riant. Qui voudrait d'un sale Noir comme moi ? Il n'y avait qu'une drôle de femme comme ça pour s'y risquer. Mais c'était bien, j'ai regretté qu'elle parte.

Un bateau apparut, un point noir en bordure de mer, au nord. Foster l'observa quelque temps, puis lança le moteur et mit le cap à l'ouest. Il voulait éviter de côtoyer d'autres bateaux ; de plus, il y avait une petite possibilité qu'il s'agisse de la police.

Maintenant qu'ils étaient à nouveau en mouvement, Bill laissa filer deux ou trois lignes pour le thon.

C'est bizarre, pour Bill, songea Foster. Ils faisaient équipe depuis deux ans, mais il n'avait rien su de sa vie antérieure. Quel genre de femme pouvait épouser un Noir ? Bill n'avait certes rien qui clochait, mais on ne s'attendait pas à ce qu'une Blanche veuille l'épouser.

Foster songea alors à sa propre épouse. À cette heure, les gamins étaient à l'école et elle devait faire les lits. Depuis combien de temps étaient-ils mariés ? Onze ans, non, bon Dieu, douze. C'est ça, l'aîné des garçons avait dix ans maintenant. Merde, qu'allait-il se passer s'il ratait son coup de thon ? C'est pour Katey que ce serait dur, plus que pour lui, s'ils en étaient réduits à vendre la maison. Quel connard il avait été de se jeter corps et âme dans l'achat de ce putain de bateau ! Pourtant, étrangement, il n'arrivait pas à le regretter. La possession d'un bateau pareil valait la peine de prendre des risques ; à condition qu'on finisse par s'en sortir.

Il se demanda ce que ressentait Katey. Elle n'aimait pas rester seule la nuit. Elle disait toujours que le lit penchait quand Jack n'était pas à ses côtés et qu'elle avait du mal à s'endormir. Mais elle était seulement un peu nerveuse d'être seule la nuit.

C'était une chic fille, Katey. Il se rappela leur première rencontre, treize ou quatorze ans auparavant. Il pêchait sur les bateaux de la conserverie, à cette époque. La saison du thon tirait à sa fin, après Noël, et il avait les poches pleines de sous, en tout cas, il en avait l'impression. Il était allé à un bal dans le local de l'Amicale. Avec qui y était-il allé, déjà ? C'aurait pu être n'importe lequel des types qu'il connaissait maintenant. La population n'avait guère changé, sauf pour le peu d'hommes qui avaient fini par partir et les quelques-uns qui s'étaient noyés. Il avait déjà aperçu Katey en ville, mais il ne l'avait pas vraiment remarquée avant de la voir au bal.

Il portait un nouveau costume et des souliers neufs. Il se souvint du crissement qu'ils avaient fait quand il avait traversé la salle pour inviter Katey à danser. Elle portait une robe bleue. Il s'en souvenait bien, quoique... était-elle vraiment bleue ? C'était une drôle de couleur, il la revoyait très clairement, mais n'aurait pas su la décrire. C'était un mélange. Un peu comme la couleur de la rivière juste avant la tombée de la nuit. Mélange de bleu, de doré et de pourpre. Ils avaient dansé ensemble, puis commencé à discuter, et de fil en aiguille, ils s'étaient mariés quelques mois plus tard.

Bill remonta la ligne et jeta une bonite, qui tambourina sur le pont, la gueule ouverte. Il découpa d'épais filets dans le poisson tandis qu'il se débattait encore.

– Je les préparerai pour dîner, dit-il en les apportant dans la cabine.

– Pas pour moi.

– Allons donc, dit Bill. C'est très bon, t'en as déjà goûté ?

– Oui, et j'ai trouvé ça franchement dégueulasse.

– C'est parce que tu sais pas les faire cuire, faut les faire frire dans beaucoup de graisse.

– Je te les laisse avec plaisir, dit Foster. Je prendrai la celle-du-boucher.

La celle-du-boucher était un poisson doré, à grande gueule, que Foster avait pêché en début de matinée. Il devait son nom à sa peau glissante, soi-disante aussi huileuse qu'une « queue de boucher ».

Foster consulta le thermomètre. Il dépassait juste les 16 degrés.

Il promena son regard sur la mer. Le bateau qu'il avait vu tout à l'heure avait disparu. Il arrêta le moteur et monta sur le nid-de-pie. Le soleil était brûlant à présent et Foster se protégea les yeux pour chercher l'insaisissable remous dans la houle lente et bleue.

Bill remonta les lignes pour le thon, jeta une ou deux lignes plombées de côté, puis il s'assit sur le pont et se mit à fumer.

Foster se demanda si sa femme avait expliqué son absence aux gamins. Ils devaient être curieux. Il n'avait pas quitté la maison ainsi depuis... sacré nom d'une pipe ! depuis combien de temps ? Il ne pouvait même pas s'en souvenir. Quelques années auparavant, il avait dû passer une ou deux nuits en mer à cause du mauvais temps. Il avait trouvé refuge dans le côté abrité d'une île. Ça devait être tout.

Il n'arrivait pas à croire qu'au début Katey et lui avaient cru qu'ils n'auraient pas d'enfants. Ils étaient mariés depuis deux ans lorsqu'elle était tombée enceinte. Il avait acheté son premier bateau, elle avait continué de travailler et ils avaient vécu chez la mère de Foster. Ils avaient quatre sous de côté et il avait acheté le bateau comptant. Pas de crédit à la con pour ce premier bateau.

Ils avaient même réussi à économiser assez pour l'acompte de la maison. Katey n'aimait pas vivre chez sa belle-mère. C'était bien dommage car la vieille dame louait la même maison depuis plus de quinze ans et le loyer coûtait trois fois rien. Ils auraient pu rester avec elle jusqu'à ce qu'elle casse sa pipe.

Sa mère était une bonne femme sacrément coriace. Quand le père de Foster était mort en lui laissant une tonne de dettes sur les bras, elle était simplement allée travailler à la conserverie. Pendant des années, avec sa paie hebdomadaire de deux livres quinze, elle avait dû rembourser une livre pour les dettes et subvenir à leurs besoins à tous les deux.

Mais elle avait pris les dettes en horreur. Elle n'en avait jamais contracté la moindre. Elle avait même économisé pour s'acheter son vieux poste de radio.

Quand Foster avait été assez grand pour gagner trois sous en distribuant les journaux, elle lui avait interdit d'acheter une bicyclette à crédit comme il le voulait. « Ce sont les dettes qui ont ruiné ton père », disait-elle toujours. Elle ne lui avait jamais rien dit d'autre sur son père. Simplement que les dettes l'avaient ruiné.

Foster avait donc économisé avant d'acheter son vélo, et, une fois l'argent amassé, il n'avait plus envie du vélo.

Bon sang, qu'est-ce qu'elle dirait, sa vieille, si elle le voyait aujourd'hui ? La même chose sans doute : « Ce sont les dettes qui ont ruiné ton père. »

Bill pêcha une autre celle-du-boucher.

– Je mangerai celle-ci, dit Foster, elle sera plus fraîche. Sers-toi de l'autre comme appât si tu veux.

– D'accord, Jack. Je me mets à la tambouille ?

– Pourquoi pas ?

Foster resta dans le nid-de-pie ; les crépitations de la graisse bouillante se mêlaient aux doux craquements du bateau et aux clapotements des vagues sur la coque. L'odeur de poisson grillé essaya de vaincre l'air vif et salé de l'océan, qui faisait tellement partie de son quotidien que Foster ne le sentait plus.

*
* *

– Tu devrais en goûter un petit bout, dit Bill en posant une grosse tranche de bonite sur sa tartine.

– Je préfère manger celle-du-boucher, répondit Foster.

– Tu sais pas ce qui est bon pour toi, dit Bill en enfonçant ses dents jaunies et cassées dans la masse dégoulinante de poisson pour le mastiquer. C'est pas mauvais, tu sais. Ça ressemble un peu au vivaneau.

– Ça m'étonnerait pas.

*
* *

La journée se poursuivit lentement, sans qu'ils ne voient le moindre thon, et la nuit descendit en teintant la mer de rouge, de vert, de pourpre, puis de noir.

Les jours se suivirent, pareils les uns aux autres, exactement. Quand il leur arrivait de repérer un bateau, ils s'en éloignaient. L'avion de la conserverie sortait tous les matins et tous les après-midi. La mer était calme. Ils mangèrent du poisson, de la viande en conserve et tout ce qui leur restait de pain rassis. Craignant les requins, ils se lavaient dans la mer le plus rapidement possible, en s'agrippant à l'échelle arrière.

Foster passait le gros de ses journées dans le nid-de-pie.

Bill pêchait et fumait sur le pont arrière.

Mais ils ne virent pas l'ombre d'un thon, pas une fois.

Foster se laissa gagner par un calme fataliste. Il n'y avait rien d'exceptionnel à attendre aussi longtemps sans voir de poisson. Le thon parcourait ces mers de septembre à décembre, mais il arrivait souvent qu'on ne le pêche que quatre ou cinq fois par saison. Foster savait qu'il finirait par en trouver. Il était bien rare qu'un thonier ne prenne rien du tout.

Il n'y avait que la panne de carburant qui pouvait le forcer à mouiller, or son réservoir était à moitié et il avait encore deux barils arrimés au pont. Il pouvait tenir encore un mois s'il le fallait. Il serait peut-être forcé de se ravitailler en eau fraîche dans un îlot, mais ça ne poserait pas de problème.

14

Lors de la septième nuit en mer, les deux hommes dormirent sur le pont arrière, installés sur leurs matelas de filets.

Un léger coup de vent réveilla Foster, qui se redressa en reniflant le changement d'atmosphère nocturne. Il faisait très noir.

Foster se leva et lança un regard inquiet sur la sombre profondeur de l'océan. On ne voyait aucune étoile.

À l'ouest, le ciel se déchira brusquement en deux et un éclair plongea dans l'eau en un gigantesque zigzag. Le tonnerre éclata quelques secondes plus tard – on aurait cru entendre des dizaines de tonnes de charbon s'effondrer sur une plaque de métal. La nuit était si noire que Foster ne parvenait même pas à distinguer la proue.

Bill, réveillé par le tonnerre, se redressa à son tour en s'exclamant :

– Merde alors, la météo avait pas annoncé de tempête.

Le bateau se mit à tanguer. Le vent venait de l'ouest, ce qui était inhabituel à cette période de l'année.

L'éclair qui déchira à nouveau le ciel était bien plus proche cette fois-ci et ils entendirent le tonnerre rouler sur la mer.

– Je ferais mieux d'établir notre position, dit Foster en grimpant au nid-de-pie, dans l'obscurité totale.

Il ne voyait absolument rien, rien que du noir et le feu de navigation au sommet de son propre mât, qui oscillait en formant de grands arcs. La mer grossissait rapidement.

– Je ne vois aucune lumière, dit Foster, mais sa voix fut engloutie par un nouveau coup de tonnerre.

Il aurait dû pouvoir repérer des lumières sur la côte. Ils n'avaient pas pu dériver aussi loin, c'était impensable. C'est sans doute la pluie qui l'empêchait de distinguer le rivage. Il redescendit sur le pont.

– On ferait mieux de s'abriter près d'une île, suggéra Bill.

– Oui, mais encore faudrait-il pouvoir en repérer une. Après tout, ça fait rien, on réussira bien à surmonter la tempête.

Le vent soufflait fort et sifflait dans le gréement. La *Santa Maria* tanguait lourdement.

Foster entra dans la cabine, démarra et tourna la proue face à la mer.

– Tu ferais mieux d'enlever tout ce qui traîne sur le pont, dit-il.

Bill débarrassa le filet à appâts et les paniers à poissons, tandis que Foster laissait le moteur au ralenti pour permettre de maintenir la position face à la lame.

Les éclairs se succédaient de plus en plus rapidement, leur éclat baignant la mer d'une lumière blanche à des milles à la ronde.

Foster consulta sa montre : il était tout juste minuit.

Une pluie soutenue, torrentielle, diluvienne, giflait l'océan en sifflant.

Les vagues fonçaient sur eux en longs rouleaux, mais sans déferler, et la *Santa Maria* les chevauchait en douceur, sans frapper la surface de l'eau.

– Je vais faire du thé, dit Bill.

Il posa la bouilloire sur le butagaz.

– Tu veux manger quelque chose ?

– Regarde s'il reste pas des biscuits, lui dit Foster.

L'avant commençait à tourner et Foster dut ouvrir un peu les gaz de la *Santa Maria*.

– Tu devrais faire le plein tant que c'est encore possible, observa Foster.

Bill regagna le pont arrière sous la pluie battante, un bout de tuyau à la main. Il retira le bouchon d'un des barils de gasoil et y enfonça l'une des extrémités. Puis il leva le panneau d'écoutille et dévissa le bouchon du réservoir. Il mit l'autre extrémité du tuyau dans sa bouche et aspira en soufflant par le nez, pour ne pas créer de vide dans le tuyau. Le gasoil surgit soudain dans sa bouche ; il cracha en enfonçant le tuyau dans le réservoir. Il garda la main lovée autour du tuyau pour s'assurer que la pluie ne se mélange pas au carburant.

La foudre sembla frapper l'océan à une vingtaine de mètres du bateau. Par réflexe, Bill se protégea les yeux et, ce faisant, renversa le tuyau sur le pont.

– Nom de Dieu !

Il remit le tuyau dans le réservoir et se remit à sucer le gasoil, qui lui brûlait la bouche.

Le fuel se remit à couler et Bill s'agenouilla sur le pont houleux jusqu'à ce qu'il ait siphonné une cinquantaine de litres. Il referma le bouchon du réservoir et revint dans la cabine.

La *Santa Maria* se dressa vigoureusement sur la crête d'une vague et plongea de l'autre côté. La bouilloire chuta du butagaz, renversant son eau chaude sur le pied de Bill. Il éteignit le gaz et rangea la bouilloire.

Bill se roula une cigarette et se plaça à côté de Foster, derrière les vitres ruisselantes de pluie. Tout était plongé dans le noir le plus complet. Puis un éclair leur permit de voir la fusillade de pluie dirigée contre eux et les motifs argentés et ourlés de blanc que formait l'eau sur le verre ; ce fut ensuite le retour au noir absolu.

– Tiens la barre, dit Foster. Je vais jeter un coup d'œil.

En escaladant l'échelle, il n'arrivait même pas à voir le nid-de-pie à moins de cinq mètres au-dessus de sa tête. Puis un éclair blanc, illuminant brièvement les nuages, lui permit d'entrevoir la silhouette du mât.

Descendant d'une lame, la *Santa Maria* se jeta immédiatement contre la suivante.

Foster était presque allongé sur l'échelle. Quand le bateau se redressa, il fut brutalement rejeté en arrière et dut s'accrocher de toutes ses forces pour ne pas tomber à la mer.

Il atteignit le nid-de-pie et enlaça le mât. La pluie lui fouettait le visage et les embruns de la crête des vagues se vaporisaient sur la *Santa Maria* tout entière et l'ourlait d'argent lors des éclairs.

À l'ouest, le ciel s'enflamma soudain et Foster crut apercevoir une masse de terre, mais il devait s'agir d'un nuage car il n'y avait pas de terre dans cette direction, pas une masse aussi importante, en tout cas.

Il tendit l'oreille pour repérer le rugissement des brisants sur les rochers, mais il n'entendit rien d'autre que le sifflement perçant de la pluie, les craquements rythmés et forts de la *Santa Maria*, les hurlements du vent et la rupture de masse d'eau frappée par la proue ; le tout englouti par le tonnerre, chaque fois que les éclairs écartelaient le ciel noir.

Foster redescendit. Le bateau piqua du nez ; une ou deux tonnes d'eau se déversèrent sur le pont et fauchèrent les jambes de Foster. Il attendit le passage de la trombe, ouvrit en forçant la porte de la cabine et entra. Il dut forcer encore pour refermer la porte derrière lui. Elle se coinçait. Il n'aimait pas ça. Une porte de cabine doit toujours s'ouvrir facilement : on peut à tout instant devoir sortir d'urgence.

– Où on est, Jack, à ton avis ? demanda Bill.

– J'en sais rien. J'y vois que dalle, dehors. Tu devrais aller voir si on prend pas l'eau.

Armé d'une lampe, Bill emprunta la petite échelle qui descendait à fond de cale. Il y avait un tout petit peu d'eau, rien d'inquiétant.

Foster songeait aux planches du galbord et à la quille, rongées de tarets. Tout irait bien s'ils continuaient à prendre les lames de face, mais si le bateau se tournait en travers, la force de l'eau sur la quille risquait de faire céder le galbord.

Il ouvrit légèrement les gaz. Toutes les vagues se brisaient à la crête ; soit la *Santa Maria* plongeait dans leurs creux noirs, soit elle se dressait dans leurs rafales d'écume.

Les deux hommes se campaient sur leurs jambes écartées et, à chaque revirement violent, se contorsionnaient pour garder leur équilibre.

Les éclairs étaient si fréquents qu'ils illuminaient longuement les vagues déchaînées, puis un noir total enveloppait à nouveau le tout, éclairé par des flammes blanches, une seconde plus tard. Les deux hommes devaient hurler pour s'entendre.

Par deux fois, la proue plongea profondément et l'eau fouetta la cabine. Ils savaient tous les deux que, si elle descendait encore une seule fois, l'eau frapperait la vitre et la cabine se remplirait d'eau. La *Santa Maria* supporterait le choc si le moteur ne calait pas. Elle le supporterait peut-être une deuxième fois, mais le troisième choc la propulserait à quarante brasses de profondeur sous la quille.

– Je vois une lumière, hurla Bill en serrant le bras de Foster.

– Où ça ?

– Là-bas, dit-il en pointant le doigt à tribord. Derrière nous. Tu vas voir, elle va réapparaître.

Foster la distingua vaguement à travers la pluie battante : le faisceau gracieux et lent d'un phare.

Un éclair aveuglant enflamma le ciel et ils virent l'îlot tout entier, baigné dans un blanc spectral, encerclé d'écume bouillonnante.

– Nom de Dieu, on l'a dépassé ! cria Foster. C'est le phare de Burlington. Je vois pas ce que ça pourrait être d'autre.

Ils pouvaient rejoindre l'île pour s'y abriter, mais s'ils y allaient tout droit, la *Santa Maria* prendrait les vagues de travers et Foster ne pensait pas qu'elle tiendrait la mer. Il poussait déjà le moteur à fond et elle avançait à peine.

Foster pouvait contourner l'île et entrer du côté abrité, ou alors faire immédiatement demi-tour, suivre le courant pendant environ un mille et la regagner ensuite. Dans les deux cas de figure, tôt ou tard, il allait devoir prendre les vagues par le travers.

– On va la contourner ! cria-t-il en mettant le moteur au ralenti.

La proue pivota immédiatement et la *Santa Maria* roula dans un creux, se releva et l'eau dégoulina du bastingage bâbord. Foster ouvrit les gaz et vira de bord. Avec dix tonnes d'eau balayant le pont arrière, la *Santa Maria* se lança en trombe, portée par le vent.

Elle était maintenant chassée par les vagues qui roulaient avec elle et fouettaient le gouvernail. Le nouveau danger était que la vague suivante s'abatte sur elle alors qu'elle était dans un creux.

Un bateau pouvait se faire engloutir en un rien de temps de cette manière : une minute, il naviguait haut et fier, la suivante, il avait disparu.

Ils se laissèrent pousser par le vent pendant moins d'un mille, puis Foster accéléra avec une vague. La crête passa sous la *Santa Maria*, que Foster fit virer radicalement, et il mit le cap sur la partie abritée de l'île, en prenant les flots en diagonale, cette fois-ci.

Le bateau prit la lame suivante à moitié par le travers. Il s'abattit lourdement à bâbord puis se releva, dansa à nouveau violemment sur la crête et finit par s'effondrer en grand fracas dans le creux suivant.

– Merde alors ! dit Foster. Abandonnons, sinon la quille va se briser.

Il vira à nouveau en direction du large. Cinq ou six éclairs illuminèrent le ciel simultanément. L'îlot leur apparut encore à travers la pluie argentée. Les coups de tonnerre répétés noyaient tous les autres bruits.

Ils restèrent un instant comme suspendus sur la crête d'une vague, sous le ciel argenté, embrasé, l'îlot baigné d'un blanc fantomatique, le phare dressé comme un doigt blanc, son faisceau noyé dans l'éclat du ciel.

L'eau, en suspens sur la vitre de la cabine, ressemblait à de l'argent en fusion. À l'intérieur, il flottait une étrange illusion de calme et d'isolement : comme un point immobile parmi le chaos blanc, noir et argent de la nuit.

Mais cet instant ne dura pas et la *Santa Maria* plongea dans le creux suivant.

Foster maintint le ralenti et laissa le bateau partir à reculons sous la pression du vent et des vagues. Il accéléra légèrement quand l'avant se mit à virer. Il voulait le forcer le moins possible contre les éléments qui le portaient et le rapprochaient de la partie abritée de l'îlot. Il comptait virer brutalement de cap pour filer droit sur l'île, en espérant que la quille ne se détache pas de la coque.

La proue vira trop fort et faillit se tourner en travers. Foster poussa le moteur à fond et changea le cap. La *Santa Maria* tituba sous la puissance de l'hélice, puis fonça droit dans le creux d'une vague. L'avant se fit violemment gifler par la lame suivante, qui projeta des tonnes d'eau sur le pont. En se relevant, le bateau évacua cette eau directement contre la vitre de la cabine. Les deux hommes eurent l'impression de se trouver dans un sous-marin. Le verre ploya visiblement, puis explosa en un fracas atroce ; l'eau s'engouffra dans la cabine, propulsant Bill sur le pont.

Foster était agrippé à la barre, son corps ne faisant qu'un avec elle pour résister à la pression de l'eau. Le bateau enfin stabilisé, il vira parallèle à la lame. On entendait toujours le grondement sourd et rassurant du moteur diesel, mais il devait y avoir une tonne d'eau à fond de cale.

– Va chercher la pompe ! hurla Foster.

Bill fit passer le tuyau de la pompe rotative par la vitre brisée et commença à tourner la manivelle.

La *Santa Maria* roulait si furieusement qu'on avait parfois l'impression que le mât frôlait la crête de vagues. Elle prenait l'eau. Il y en avait presque un mètre à bâbord, qui frappait de manière sourde et continue contre la porte de la cabine.

Foster ouvrit à nouveau les gaz, pour tenter de donner plus de puissance au bateau.

La *Santa Maria* faisait de petites embardées dans les creux, puis s'arrêtait, ballottait et se dressait, tandis que l'hélice se débarrassait de l'eau.

Il fallait absolument qu'elle se retrouve à nouveau face à la lame, mais une autre vague à travers la proue pouvait la faire sombrer.

Foster entendit le bois du bateau gémir lorsqu'il força le gouvernail contre l'eau de la quille.

Puis la *Santa Maria* se retrouva soudain dans la partie abritée de l'îlot, flottant dans des eaux agitées mais sans danger, derrière la gigantesque falaise qui la protégeait des éclairs. Foster alla jusqu'au pied des falaises, lui laissant juste assez de jeu pour se balancer au bout de l'ancre.

Bill tira violemment sur la porte de la cabine, l'ouvrit et sortit mouiller l'ancre sous la pluie. Foster attendit de sentir l'ancre mordre, puis il arrêta le moteur.

La *Santa Maria* tourna dans le clapotis et semblait prête à reprendre la mer démontée qui avait failli l'achever.

– Bon, dit Foster. Occupons-nous de pomper.

15

L'aurore perça, claire et paisible. Le calme et le bleu-vert vitreux de l'eau semblaient en opposition absolue avec la chose noire, déchaînée et malveillante qu'elle avait été quelques heures auparavant.

Une voix réveilla Foster :

– C'est vous, la *Santa Maria* ?

Il se redressa et vit un petit visage aux cheveux grisonnants l'observer par-dessus le bastingage tribord. Foster hocha la tête.

– Pardi, vous avez passé une sale nuit. C'est bien vous, la *Santa Maria*, non ? C'est bien vous, Jack Foster ?

– C'est exact.

En se relevant, il découvrit que la tête appartenait à un homme d'âge moyen, debout dans un canot. Foster comprit qu'il s'agissait du gardien de phare. Il l'examina attentivement. Les gardiens de phare avaient de drôles de réputations. Ne lui avait-on pas récemment relaté les excentricités de cet homme ? Mais non, c'était du gardien de Marabell dont on lui avait parlé.

Bill s'éveilla et jeta un regard éberlué sur l'apparition.

– Je me disais bien que c'était vous, la *Santa Maria*, dit l'homme. Mais vous n'avez pas de plaque.

Effectivement, la plaque en bois avait disparu du côté du bateau. On voyait encore les trous laissés par les vis là où l'eau avait arraché le bois.

– Suivez-moi donc, je vais vous préparer un petit déjeuner.

– Merci, répondit Foster. Attendez un petit instant, je veux jeter un coup d'œil à la cale.

Le sol de la cabine était encore jonché de débris de verre. Foster prit une lampe électrique et descendit à fond de cale. Ils avaient pompé l'eau la nuit dernière, il n'en restait plus que quelques centimètres. Un peu plus que d'ordinaire, mais rien d'inquiétant. Foster remonta et, avec Bill, ils rejoignirent le gardien dans le canot.

– Je m'appelle John Gibbons, se présenta l'homme, en ramant vers la jetée qui s'avançait au pied des falaises. Quel temps, la nuit dernière ! Vous êtes restés longtemps dans la tempête ?

– Assez longtemps.

– Vous êtes en mer depuis quelques jours, non ?

Foster se demanda ce que Gibbons savait, au juste. Tout ce qu'il y avait à savoir, probablement.

– Depuis une semaine.

Le canot accosta au débarcadère. Gibbons lança un cordage autour d'un bollard et rentra les avirons. Devançant Foster et Bill, il commença à escalader des marches.

– Faut dire qu'ils se font du mouron pour vous à Bernadine.

Foster songea à ce que Katey avait dû traverser, la nuit dernière, quand l'orage avait éclaté. Elle n'avait certainement pas fermé l'œil, elle qui avait horreur des tempêtes. Il aurait dû lancer un appel radio pour la rassurer avant de quitter le bateau, mais ça n'avait pas d'importance, il pourrait le faire du phare.

Un troupeau de deux ou trois cents chèvres s'éloigna quand ils arrivèrent au sommet de la falaise. La plupart des îles de la côte sud étaient peuplées de chèvres. Des navigateurs bienveillants, songeant à la survie de naufragés potentiels, les y avaient déposées au moins un siècle auparavant. La plupart des troupeaux souffraient d'une telle consanguinité que de nombreux animaux avaient cinq pattes, ou une, ou deux cornes de trop.

– Vous pourrez prendre un peu de viande de chevreau avec vous quand vous repartirez, offrit Gibbons. J'ai trop de boucs, il faut que j'en tue trois ou quatre.

La tour blanche du phare ne ressemblait en rien à la colonne raide et austère qu'ils avaient entrevue dans la tempête. La maison d'habitation, à la base du phare, était un bâtiment en pierre flanqué de larges vérandas.

– Vous vivez seul ? demanda Foster en tripotant les poils de sa barbe qu'il n'avait pas rasée depuis trois jours.

– Eh oui, tout seul.

Le bruit lourd de leurs pas résonna sur le plancher de la véranda.

– Je suis tout seul depuis que la patronne est morte. Allez, venez dans la cuisine, je vais vous préparer un petit déjeuner. Mais on ferait mieux d'appeler Bernadine d'abord. Allez donc appeler pendant que je mets la bouilloire sur le feu.

Il leur montra où se trouvait la radio et leur donna son indicatif d'appel. Foster joignit rapidement Armstrong, au poste de police.

– Alors, tout va bien, Jack ?

– Oui, on est sains et saufs.

– Vous avez passé la nuit dans la tempête ?

– Une partie de la nuit. Puis on s'est abrités dans l'île.

– Tu comptes rentrer quand, Jack ?

– Bientôt.

– T'as pas mal d'affaires à régler, tu sais.

Foster sentit qu'Armstrong faisait un effort pour contrôler sa voix.

– Je sais.

– Mais tu vas bien finir par rentrer, n'est-ce pas ?

– Mais oui, je vais rentrer. Écoute, Rod, est-ce que ça t'embêterait de passer chez moi pour rassurer Katey ?

– Pas du tout, je m'en occupe. Tu vas rester longtemps dans l'île ?

– Non.

– Et où vas-tu ? Enfin, je veux dire, est-ce que je pourrais te retrouver quelque part ? Il faut que je te parle.

– Je viendrai te voir quand je rentrerai.

– Bon, d'accord.

– Allez, à plus tard, Rod. À toi, terminé.

Gibbons leur prépara un steak et des œufs.

– La viande sera peut-être un peu dure, s'excusa-t-il. Je viens de la sortir du congélateur. Normalement, faut la laisser se décongeler avant de la faire cuire.

Il versa le thé dans des tasses en porcelaine fine.

– Vous êtes ma première visite depuis deux mois. Autant faire les choses comme il faut, non ?

Puis il alluma une cigarette et se prépara à l'échange des derniers potins : privilège sacré du gardien de phare.

– Le thon est très en retard, cette année, à ce qu'on dit.

– Oui, dit Foster. Vous en avez vu, ici ?

– Non. Pas la queue d'un, cette saison. Pas un remous. Mais j'ai entendu dire qu'ils en avaient trouvé un peu plus au sud.

– On en a touché deux tonnes, il y a une quinzaine de jours, dit Foster. Rien depuis...

Gibbons se versa une autre tasse de thé.

– Ah, je dois dire que ça fait plaisir d'avoir un peu de compagnie !

Ils entendirent un avion survoler l'île.

– Tiens, c'est l'avion de la conserverie, dit Gibbons. C'est un bon jour pour le thon aujourd'hui. La température de l'eau est impeccable : juste au-dessus de 17.

– Vous avez vérifié ?

– Non, mais je vois ça à la couleur. Quand on passe son temps à regarder la mer, je vous assure qu'on apprend à la connaître. La nuance de bleu qu'elle a maintenant veut dire qu'elle est propice au thon. Elle s'assombrit quand elle se réchauffe et elle s'éclaircit quand elle refroidit. Même quand le ciel est couvert, vous savez, on peut lire dans les nuances de gris. C'est dur à expliquer, c'est plutôt comme si la couleur faisait une certaine impression sur moi. Vous reprendrez bien un peu de thé ?

– Merci, dit Foster.

Il aurait voulu remonter sur son bateau et repartir en mer. Il voulait voir s'il allait prendre l'eau quand il se déplacerait. Mais le gardien de phare avait envie de parler et il avait droit à son auditoire.

– Eh oui, dit Gibbons chaleureusement, en s'étirant dans sa chaise. Un gardien de phare, ça finit par bien connaître la mer. Il m'arrive même de lui parler.

Foster ne trouva rien de surprenant à ces propos. Les gardiens de phare avaient droit à quelques excentricités, c'était convenu. Ils restaient dans une île pendant plusieurs mois, sans interruption. Quelques-uns avaient de la famille, mais la plupart étaient seuls. Certains phares étaient entretenus par deux, voire trois familles. Il valait parfois mieux être seul, les gardiens n'avaient alors qu'à se soucier d'eux-mêmes. Au fil des ans, les tensions provoquées par la cohabitation insulaire de deux ou trois familles avaient engendré des récits légendaires dans les régions côtières.

– Ça vous plaît, la vie en solitaire ? demanda Foster pour faire la conversation.

– Ça, je sais pas si je peux dire que ça me plaît. Mais on s'y fait, et puis, je suis pas complètement seul. Y a les chèvres, les lapins et les phoques. Ils me tiennent compagnie, vous savez.

Sous la touffe de cheveux blancs, les yeux doux et bleus se dirigèrent vers Foster.

– Vous devez me trouver un peu fou, dit-il en souriant.

Foster haussa les épaules. Que répondre à une telle remarque ? Pas grand-chose.

– Vous êtes en train de jouer avec des Italiens, à ce qu'il paraît, dit Gibbons.

Merde alors, comment pouvait-il être au courant, se demanda Foster, il venait de dire qu'il n'avait pas eu de visiteur au phare depuis deux mois. Mais bien sûr ! C'est du bateau de ravitaillement, qu'il ne considérait pas comme de la visite, qu'il tenait ses informations.

– Je sais pas si on peut parler de jouer.

– Et vous allez rester en mer jusqu'à ce que vous touchiez du thon ?

– C'est le but de la manœuvre.

– Ça, je dois dire que je vous tire mon chapeau. Oui, j'admire votre caractère.

Foster grogna et but son thé.

– Ça me rappelle une petite histoire qui m'est arrivée avec les Italiens l'an dernier, enchaîna Gibbons.

Foster aurait pu se passer de l'histoire, mais il se résigna à écouter.

– J'étais en vacances à Landalar et six bateaux italiens ont mouillé dans le port. Imaginez-vous ça, le port de Landalar n'est pas bien grand, alors six bateaux inconnus, ça met une sacrée pagaille ! En plus de ça, ces bateaux s'apprêtaient à aller pêcher dans les zones de frai.

Le regard absent de Foster s'était égaré au-delà de l'épaule du gardien, sur le Pacifique, qui luisait comme un vaste lac argenté sous le soleil du matin.

– Bon, poursuivit Gibbons, alors au pub ce soir-là, avec deux ou trois autres gars, on a décidé de leur donner une petite correction.

Ni Bill ni Foster ne trouva quoi que ce soit à redire. La plupart des pêcheurs de la côte considéraient que « donner une petite correction » aux Italiens relevait du domaine du devoir patriotique.

– On a attendu jusque vers minuit, puis on a pris un canot et on a ramé jusqu'à leurs bateaux. Vous connaissez Landalar ?

Foster et Bill grognèrent pour indiquer que oui.

– Alors vous savez que le courant est fort et qu'il mène droit au môle. Bien, notre idée, c'était de couper leurs amarres pour qu'ils aillent se fracasser sur les rochers. On pensait qu'ils seraient tous pleins de *vino* – ou allez savoir ce qu'ils boivent – et qu'ils iraient directo sur les rochers.

Foster et Bill hochèrent la tête. C'était un plan raisonnable. Avec un peu de chance, ils auraient causé d'importants dégâts matériels aux bateaux italiens sans aller jusqu'à prendre le risque de tuer quelqu'un.

– Bon, reprit Gibbons, on a ramé vers les bateaux. Je suis arrivé au premier et j'ai commencé à couper les amarres sans faire de bruit. Tout à coup, sans le moindre avertissement, une lampe s'est allumée et un énorme métèque s'est penché sur le bastingage pour me foutre des coups d'aviron.

Incapable de déterminer s'il devait rire ou compatir, Foster se contenta de grogner.

– Alors on est partis sans demander notre reste, dit Gibbons. Les Italiens ont démarré les bateaux et ils nous ont poursuivis dans tout le port... Ils essayaient de nous renverser, je vous le dis. On s'en est tirés de justesse. Mais enfin, ça montre bien à quel point ce sont des brutes et des traîtres, imaginez ça : ils étaient dans leurs bateaux, à nous attendre !

Foster et Bill finirent leur tasse de thé et échappèrent à Gibbons en expliquant qu'ils avaient beaucoup de travail sur le bateau.

Gibbons les ramena à bord de la *Santa Maria*.

– Venez donc manger avec moi un de ces jours, dit-il.

– Merci, dit Foster.

– Et lâchez pas ces bancs de thons.

– Vous pouvez compter sur moi.

– Et laissez pas ces Italiens gagner. Souvenez-vous : c'est une bande de traîtres.

– Je m'en souviendrai.

– À plus tard, Jack.

– À plus tard, John.
– À plus tard, Bill.
– À plus tard, John.

16

Ils passèrent le restant de la journée à l'abri de l'île et s'occupèrent de la *Santa Maria*. Les *yellowtails* pêchés une semaine plus tôt étaient tous morts et dégageaient une puanteur empirant sous la chaleur du soleil.

– On ferait mieux de tout balancer, dit Foster. On en reprendra d'autres ce soir.

– Je nettoie ? demanda Bill.

– Attends qu'il fasse nuit, on sait jamais, si le thon se décidait...

Gibbons vint les chercher pour les inviter à partager son déjeuner. Ils passèrent une ou deux heures avec lui, puis le gardien les aida à transporter des barils d'eau sur la *Santa Maria* pour remplir les réservoirs.

Au crépuscule, ils jetèrent les appâts morts par-dessus bord et lavèrent les viviers à grande eau. Grâce au canot que Gibbons leur prêta, ils se réapprovisionnèrent en appâts frais dans la baie. Gibbons leur aurait volontiers donné un coup de main, mais il devait s'occuper du phare. Il les rejoignit plus tard et récupéra son canot.

Foster et Bill dormirent à même le pont ce soir-là : les filets à appâts étaient mouillés.

La *Santa Maria* était couverte de sel et l'acidité dérangea Foster qui reposait, la tête sur une couverture. Ses narines étaient habituées à l'odeur du bois propre...

*
* *

Un coup de feu.

Foster s'éveilla. Il faisait jour.

Un autre coup de feu, sec et perçant comparé aux bruits discrets d'une aurore paisible.

Foster se redressa. Bill était assis et regardait au large d'un air perplexe.

– Qu'est-ce que c'est que ce bordel ?

Encore un coup de feu.

Foster se leva. Il distingua la silhouette d'un homme qui se découpait sur le ciel en haut de la falaise. Gibbons. Ça ne pouvait être que lui, il n'y avait personne d'autre sur l'île.

Mais qu'est-ce qu'il fabriquait, nom de Dieu ?

Encore un coup de feu.

Gibbons gesticulait en braquant son fusil en direction du large.

Foster bondit et escalada le nid-de-pie.

À l'est, au soleil levant, la mer était une étendue d'argent aveuglante ; au nord, l'argent se fondait en un vert, puis le vert en bleu foncé.

Ce bleu était traversé par une ride plus foncée qui se déplaçait comme sous l'effet du vent, mais il ne s'agissait pas de vent, c'était une trace sombre d'un mille de long.

– Le thon ! Lève l'ancre, nom de Dieu ! hurla-t-il en sautant sur le pont et en se précipitant dans la cabine pour lancer le moteur.

Bill levait la chaîne de l'ancre tandis que Foster faisait virer la *Santa Maria* et manœuvrait pour dégager l'ancre du sable. Bill la jeta sur le pont et ils prirent le large.

– Prends la barre, cria Foster, mets le cap sur le nord !

Du nid-de-pie, il revit la ride… un mille de long au bas mot, presque immobile, comme si après avoir soufflé, le vent s'était soudain figé à cet endroit.

Il y avait des milliers de poissons dans ce banc, des milliers et des milliers de thons longeant lentement la côte à moins d'un mille des terres.

L'avion de la conserverie arriva du sud. Foster regagna la cabine et alluma la radio.

– Ouvre le panneau d'écoutille ! lança-t-il à Bill.

L'avion vira, puis descendit en spirale lorsque le pilote aperçut l'énorme banc.

– Salut, Sid, dit Foster dans le micro. Je les ai repérés, c'est Jack Foster. À toi.

– Salut, Jack. On se demandait tous où t'étais passé ! Un bateau de la conserverie est en route, mais tu devrais arriver sur le banc une vingtaine de minutes avant lui. Bonne chance !

– Merci, Sid.

– Tu vois bien où ils sont ? Tu veux que j'attende que tu sois dessus ?

– Non merci, Sid. Je les tiens.

– À plus tard, alors.

– À plus tard.

Bill cala un garde-corps de chaque côté de la *Santa Maria* et descendit une épuisette à appâts.

Il souleva le panneau d'écoutille du vivier et se tint prêt, l'épuisette à la main, attendant que Foster arrive au banc.

L'ombre poissonneuse ne se déplaçait presque pas. Foster se dirigea en plein milieu du banc. Il aperçut le thonier de la conserverie au nord. Il pourrait se servir dans les restes.

Dès que la *Santa Maria* eut franchi l'orée du banc, Foster mit le moteur au ralenti. Il voyait les poissons, puissants et lisses, prenant position à environ un mètre de profondeur, comme s'ils attendaient un événement particulier.

Foster arrêta le moteur.

– Appâts ! hurla-t-il.

Il quitta la cabine d'un bond pour s'emparer d'une canne et se jeter dans un garde-corps.

Bill lança les premiers appâts et la mer explosa immédiatement en un remous d'écume et de sifflements : les gros thons se jetaient sur les *yellowtails*.

Foster leva sa canne et marqua une pause, en un geste inconsciemment symbolique. Un débordement d'émotion – du concentré de soulagement pur – lui traversa le corps et il lança le leurre dans la gueule du poisson qu'il avait reconnu, parmi les centaines d'autres à sa portée, comme celui qui mordrait en premier.

Le thon s'élança vers le leurre, l'enfourna entre les dents ouvertes de sa gueule béante, continua sa course hors de l'eau, dans l'air, se balançant au bout de la ligne, puis il perdit l'hameçon et s'affala sur le pont où il resta à tambouriner, les yeux vitreux et le sang coulant de ses ouïes.

Le poisson suivant s'envolait déjà.

Bill lança cinq ou six autres épuisettes d'appâts, puis il sauta dans le garde-corps arrière et se mit à pêcher.

– Allez, le thon, allez ! murmura Foster, se forçant à s'activer de plus en plus rapidement, tirant violemment les poissons, faisant craquer la ligne et rejetant le leurre, sortant un thon avant que le précédent n'ait eu le temps de tomber sur le pont.

– Allez le thon, allez !

Tout en pêchant, il essayait de surveiller les frétillements de l'eau pour s'assurer que la *Santa Maria* ne dérive pas loin du banc.

– Plus d'appâts ! hurla-t-il.

Bill posa sa canne et jeta épuisette après épuisette les *yellowtails* dans la turbulence de la masse poissonneuse. La frénésie des thons sembla atteindre un paroxysme invraisemblable tandis que, perchés dans les garde-corps, les deux hommes les sortaient de l'eau en un mouvement vif et gracieux des épaules et des bras. Le pont arrière était recouvert de poissons secoués de soubresauts sanguinolents. Le sang coulait sous le bastingage, tachant l'eau tout autour de la *Santa Maria*. La pile s'élevait, chaque poisson s'affalant en un bruit sourd sur la masse trépignante déjà condamnée, martelant la fin de sa vie dans l'air chaud du matin.

Une voix se fit entendre sur l'eau, par-dessus les sifflements et chuintements des thons, les craquements des lignes et le martèlement des bêtes sur le pont.

– Salut, Jack, on peut te donner un coup de main ?

Foster se retourna sans briser le rythme de ses bras. Le bateau de la conserverie était à moins de vingt mètres de lui.

– Je suis preneur ! répondit-il.

Le thonier s'approcha et quatre hommes abordèrent, canne à la main, sur la *Santa Maria*. Ils pêchèrent à partir du pont, sans même prendre la peine de se positionner sur un garde-corps.

Six hommes sortant des poissons en une action continue, chacun retirant près d'une vingtaine de kilos de thon toutes les deux secondes. Au-dessus du bateau, l'air était chargé de poissons volants. Ils tombaient sur le pont si fréquemment et si fort qu'on arrivait mal à distinguer un bruit de chute individuelle. Les thons étaient empilés tellement haut à l'arrière qu'ils se mirent à déborder et à glisser à l'eau. Les hommes se regroupèrent à l'avant et pêchèrent côte à côte, se cognant les uns aux autres quand ils sortaient le poisson.

Les thons glissaient entre la cabine et les bastingages et s'accumulaient sur le pont avant. Tout autour du bateau, la mer avait rosi ; un flot de sang rouge et épais dégoulinait des côtés.

– Allez, le thon, allez !

Les thons étaient bien empilés sur le pont avant, mais ils recommencèrent à s'échapper. Foster se débattit sur leur masse glissante et vibrante et ouvrit la porte de la cabine.

– Là-dedans ! cria-t-il.

Côte à côte, Bill et Foster se mirent à pêcher en lançant directement les poissons dans la cabine.

– Pousse-les à fond de cale ! hurla Foster quand la cabine fut pleine.

Éberlués, les quatre pêcheurs de la conserverie regardèrent Bill jeter les thons à fond de cale, libérant ainsi de l'espace dans la cabine.

Foster travaillait avec une frénésie maîtrisée. Torse nu, le corps gluant de sang, il continuait à pêcher. Il y avait des thons à l'arrière, à l'avant, dans la cabine et à fond de cale. Les hommes avaient tous les pieds sur des poissons, mais Foster pêchait toujours. Il sortait thon après thon et les lançait n'importe où : il n'y avait de place nulle part, de toute façon. La plupart retombaient directement à l'eau.

– Tu sais, mon pote, cria l'un des pêcheurs, tu ferais bien d'arrêter, sinon tu vas couler.

Il y avait dix-sept tonnes de thon à bord de la *Santa Maria* et elle avait manifestement commencé à s'enfoncer.

Foster s'arrêta et se passa le bras sur le visage, essuyant le sang qui l'avait aveuglé au cours des cinq dernières minutes.

Un coup d'œil autour de lui confirma que le bateau ne pouvait pas contenir un poisson de plus.

– D'accord, dit-il. Ça suffira. C'est votre tour.

Et voilà ! Il avait son thon. Une demi-heure après avoir entendu le coup de feu, c'était fait. Il avait obtenu ce qu'il voulait. En une demi-heure.

Le thonier s'approcha du banc et lança des appâts à son tour. Le noyau du banc se déplaça vers lui et les hommes se mirent à pêcher.

– Rendez-moi mes hommes ! cria le capitaine du thonier.

Foster pataugea sur les poissons jusqu'à la cabine. Accroupi sur des thons encore vivants, il démarra et accosta le thonier. Les quatre hommes rejoignirent leur bateau et se remirent immédiatement à pêcher.

Foster mit le cap sur l'ouest.

Bill sortit de la cale, dérapant et trébuchant sur les poissons qui tombaient de la cabine. Il s'accroupit à côté de Foster et tenta d'essuyer le sang de ses bras.

– Bonne prise, Jack.

– Fantastique, nom de Dieu ! Fantastique !

Foster n'avait pas encore conscience de la situation. Il était assis sur les poissons, tenant la barre, incapable de trouver les mots pour exprimer le sentiment d'accomplissement et de satisfaction qui l'envahissait.

Il était huit heures, il se trouvait à environ vingt-cinq milles de Bernadine. Dans trois ou quatre heures, il serait rentré.

La proue de la *Santa Maria* fendait tranquillement les eaux calmes, mais même ce doux mouvement fit glisser deux gros thons à la mer.

– Va voir si tu peux pas empiler un peu mieux les poissons, dit Foster.

Bill glissa de la cabine, trébucha et, les pieds s'enfonçant entre les bêtes, arriva jusqu'au pont avant où il tenta d'égaliser un peu la couche de poissons.

Les thons étaient tous morts à présent, mais le sillage de la *Santa Maria* était encore rose de sang.

Foster alluma la radio et appela Rod Armstrong.

– Salut, Jack.

– Rod, je voudrais te demander un service. Est-ce que tu as vu Katey ?

– Pas encore. J'étais sur le point d'y aller, justement.

– Bon, alors dis-lui que je rentre et dis-lui aussi de faire ce que je lui ai demandé pour le chèque.

– D'accord, Jack, je m'en charge. À quelle heure vas-tu rentrer ?

– Vers les midi. Rod, quand tu auras donné le message à Katey, appelle-moi, veux-tu, pour me confirmer que tout va bien.

– Pas de problème.

– Au fait, quelles sont les prévisions météo ?

– Encore des vents forts et une mer forte cet après-midi, mais tu devrais pas avoir de problème si tu rentres avant midi. De toute façon, ils annoncent rien de terrible.

– À tout à l'heure, alors.

– À tout à l'heure, Jack.

– Oh dis, Rod, t'es toujours à l'écoute ?

– Oui.

– Appelle la conserverie et dis-leur de descendre un camion sur le quai vers midi.

– T'as fait une bonne prise ?

– Pas mauvaise. Bon, à tout à l'heure, Rod. Terminé.

Bill revint dans la cabine.

– Le bateau s'enfonce, Jack.

– Et toi, tu t'enfoncerais peut-être pas si tu traînais dix-sept tonnes de thon ?

Le vent soufflait par la vitre brisée et séchait le sang sur son corps. Il prit une casserole d'eau fraîche et se la versa sur la tête, puis il essaya d'enlever le sang avec ses mains.

Il avait au moins dix-sept tonnes de poisson, ce qui représentait au moins mille livres.

Plus rien ne pouvait l'atteindre, maintenant.

Il allait finir de payer le bateau, se permettre d'attendre une ou deux semaines pour faire réparer la quille, et il lui resterait encore six semaines en saison pour faire une nouvelle prise de thons.

Et la saison prochaine ?

Eh bien, il ferait une campagne de pêche entière, sans dettes sur la *Santa Maria*.

La vie jouait de drôles de tours. Si ce métèque n'était pas tombé par-dessus bord avec l'ancre, Foster n'aurait jamais possédé la *Santa Maria*.

Et franchement, se dit-il en tapotant affectueusement la barre et en se déplaçant sur un siège de poissons plus confortable, ça aurait été vraiment dommage.

Bill traversa la cabine et descendit à fond de cale.

– Je devrais jeter quelques poissons de plus là-bas, en bas, tu crois pas ? demanda-t-il.

– Pas la peine. Ça fera que nous compliquer la vie pour les sortir ; on tiendra bien comme ça quelques heures. Elle prend l'eau ?

– Un petit peu. C'est dur à dire avec tous les poissons. Pas beaucoup, je pense.

– Tu ferais mieux de pomper.

Bill remonta et tourna la manivelle.

– Elle doit sans doute prendre un peu d'eau le long de la quille, dit-il. Mais pas de quoi s'inquiéter.

– On la mettra en cale sèche demain pour la réparer. Je vais peut-être même en profiter pour changer la quille et le galbord.

– Hum, grogna Bill, je ferais mieux de me mettre à la cuiller si je veux manger.

– T'en fais pas, abruti de sale Noir, dit Foster en riant. On peut pas mettre un poisson de plus dans le bateau.

Bill rit à son tour et se cala entre les thons pour se rouler une cigarette.

Une centaine de mouettes voletaient autour du bateau en hurlant, se précipitant en piqué sur les corps rigides des poissons.

Foster garda la radio allumée ; il attendait que Rod lui confirme qu'il avait demandé à Katey de s'occuper du chèque.

Il se demanda si les Italiens essaieraient de reprendre possession de la *Santa Maria* à son arrivée. Ils seraient forcément au courant de son arrivée. Presque tous les habitants du littoral – eux comme tout le monde, à Bernadine en tout cas – sauraient que Katey avait déposé le chèque. Foster s'attendait à rencontrer quelques difficultés, mais le notaire lui avait dit que tout s'arrangerait.

Armstrong rappela à neuf heures et demie.

– J'ai vu Katey, Jack. Elle s'est occupée de tout, je l'ai descendue moi-même au tribunal.

– Merci, Rod, dit Foster en éclatant de rire.

La voix de Rod était chaleureuse, complètement différente du ton qu'il avait adopté quand Foster était voué à l'échec. Combien seront-ils, au pub, à m'attendre et à me regarder franchir la barre avec mille livres de thon à bord ? se demanda-t-il.

À onze heures, la mer avait commencé à forcir et la *Santa Maria*, bancale sous sa lourde charge, avait quelques difficultés à progresser. La marée montait et la houle s'enflait.

Foster se demanda s'il devait tenter de franchir la barre ou s'il ne valait pas mieux mouiller à Landalar. Il était à quatre milles à l'ouest du phare de Marabell : il pourrait être au port en une heure. Il lui faudrait peut-être trois bonnes heures pour atteindre Landalar, mais, si la mer était agitée, il ne voulait pas risquer la barre avec un tel chargement.

Il décida de progresser et de se décider quand il pourrait mieux évaluer la houle. Il ne devait pas oublier de prévenir le camion de l'attendre à Landalar, s'il décidait d'y aller.

Puis il reçut un nouvel appel d'Armstrong.

– Jack, peux-tu passer prendre un gamin à Marabell ? C'est le petit de Ron Benson. Il est malade.

– J'ai du thon jusqu'au cou. Tu peux pas envoyer quelqu'un le chercher ?

– Y a plus un seul bateau au port. Tu es le plus proche, dans un rayon d'environ vingt milles. Tu devrais aller le chercher, Jack. D'après les symptômes, le médecin pense à une crise d'appendicite.

– En tout cas, il va pas être très à l'aise sur mon bateau.

– Il va être encore plus mal à l'aise s'il reste bloqué sur l'îlot trop longtemps.

– Bon, je vais y aller. Mais je te jure que je déborde de poissons et que le passage de la barre sera pas une partie de plaisir pour un gosse malade.

– C'est notre seule chance de l'évacuer, dit Armstrong. À moins de faire venir l'hélicoptère de Nowra, et il faudra compter deux bonnes heures.

– C'est bon, je vais le chercher.

Il modifia légèrement le cap pour se diriger vers la baie de Marabell. La mer grossissait toujours, mais la houle était encore régulière.

En contournant l'îlot, Foster aperçut toutefois les vagues se briser sur la plage et contre la petite jetée en pierre.

– Tu parles d'une plaisanterie ! Si j'arrive jusque là-bas, je ne vais jamais pouvoir repartir.

Deux hommes descendaient du phare. L'un d'eux portait quelque chose, sans doute le gamin malade.

Bon, il faut bien que quelqu'un y aille, raisonna Foster. Sa cargaison de poissons ne changerait pas grand-chose à l'accostage, alors... lui ou un autre, quelqu'un devait s'en occuper. Sauf qu'aucun autre bateau n'avait une quille rongée par les tarets. Il devait éviter tout choc contre le débarcadère.

– Écoute, Bill. Voilà ce qu'on va faire. Je rentre en plein dans la baie, puis je m'approche de la jetée de face. Toi, tu jettes l'amarre avant. L'arrière tournera de lui-même, je le maintiendrai en position avec le gouvernail et, dès que le gamin est à bord, tu lèves l'amarre et on repart.

Les vagues n'étaient pas énormes, mais ce n'était pas le temps idéal pour rentrer un bateau.

Ça serait vraiment trop con de tout perdre maintenant, songea Foster.

Il appela Armstrong.

– Rod, la mer est forte dans la baie. Je vais devoir embarquer le gamin sans traîner, et ce sera un peu risqué pour lui et pour moi. Tu crois vraiment que ça vaut le coup ?

– Le médecin est à côté de moi, je te le passe.

– Salut, Jack, c'est Rex Clayton.

– Je te reçois, doc.

– Jack, il est difficile de savoir quoi faire dans un cas pareil. D'après ce qu'ils m'ont dit, le gamin a peut-être une crise d'appendicite aiguë. Il ne serait pas prudent de ne pas le soigner, mais je ne sais pas comment se présente la situation sur place. S'il y a de fortes chances qu'il se blesse en montant à bord, eh bien, dans ce cas, je crois qu'il vaut mieux que tu abandonnes. Mais la décision t'appartient, Jack. Tout ce que je peux te dire, c'est que, si tu es en mesure de l'évacuer rapidement, tu devrais le faire.

– D’accord, Doc. Je vais aller le chercher.

Est-ce que j’ai vraiment le choix, pensa-t-il, désabusé, quand on me présente la situation comme ça ?

– Jette donc quelques poissons à fond de cale, ça fera un peu de place pour le gamin dans la cabine, dit Foster à Bill. Si les types veulent l’accompagner, ils devront s’asseoir sur les thons.

Bill débarrassa un coin de la cabine.

Foster attendit quelques instants dans la baie pour étudier le mouvement de l’eau. Ce n’était pas si terrible. En temps normal, il n’aurait pas réfléchi à deux fois. Mais dans son cas... enfin, merde, on doit pouvoir continuer à se regarder dans la glace tous les matins.

– Bon, allez, Bill, passe à l’avant. On va le chercher.

Il avança lentement, se dirigeant droit sur la jetée. Les deux hommes se tenaient sur le débarcadère et le gamin, emmitouflé dans une couverture, était assis sur une valise.

Les lames déferlaient à l’extrémité de la jetée. Ce qui voulait dire que le gamin devrait sauter ou être jeté par-dessus environ un demi-mètre d’eau.

Dieu le préserve de tomber entre le bateau et le mur de pierre !

Une amarre à la main, les pieds enfoncés au milieu des thons, Bill se tenait à la proue. La *Santa Maria* s’avança prudemment du débarcadère, puis, portée par une vague, elle accosta trop rapidement. Foster la retint en mettant le moteur au point mort, puis en marche arrière.

Elle roula dans le creux suivant et Foster jura en voyant quelques thons glisser du pont dans la mer. Ils piquaient la surface de l’eau franchement et disparaissaient comme des lances. Le thon mort ne flotte pas.

Il remit le moteur en marche avant et la proue de la *Santa Maria* s’approcha de la jetée.

Bill lança l’amarre à l’un des hommes, qui l’enroula à un bollard.

Foster décéléra et fit pivoter l'avant de la *Santa Maria*. Il vira à tribord et accéléra un peu, faisant jouer l'hélice contre le tirage avant et la force de la mer.

Elle pivota jusqu'à accoster, amarrée par le cordage à l'avant et par l'action combinée de l'hélice et du gouvernail à l'arrière.

L'un des hommes jeta une valise dans la cabine. Le garçon était au bord du débarcadère, prêt à sauter.

Foster ne lui trouva pas l'air particulièrement souffrant.

– Vas-y ! hurla-t-il.

L'un des hommes sauta par-dessus la cinquantaine de centimètres qui séparait la jetée du bateau, puis il monta sur le toit de la cabine et tendit la main au garçon.

Ce dernier la saisit et se lança, mais il glissa et tomba entre la jetée et le bateau.

L'homme ne lui avait pas lâché la main.

Une lame souleva la *Santa Maria* et Foster, en l'un de ces instants d'agonie suspendus dans le temps, envisagea les deux éventualités qui pouvaient se concrétiser dans les quatre prochaines secondes : s'il maintenait le bateau en place, le garçon se ferait écrabouiller entre la coque et la jetée en pierre et, s'il faisait virer l'arrière, la vague suivante enverrait l'avant du bateau contre la jetée.

Il donna un violent coup de barre et mit les gaz. L'arrière s'éloigna tandis que l'avant percutait les pierres de la jetée avec un craquement sec.

L'homme qui tenait l'enfant bascula en avant et, d'un bond, regagna la jetée pour éviter de tomber à l'eau. Il ne lâcha pas la main du garçon. L'autre homme s'agenouilla pour le tirer hors de l'eau. Les deux hommes étaient âgés et se compliquaient considérablement la vie.

Bill les rejoignit pour les aider. La *Santa Maria* pivota encore et se retrouva perpendiculaire au débarcadère, toujours amarrée à l'avant.

Foster maintenait la marche arrière.

Le garçon avait été repêché et l'un des vieux hommes, les mains au-dessus de sa tête, se mit à les croiser et les décroiser.

Ils refusaient de remonter à bord de la *Santa Maria*.

Bill avait maintenu le bateau d'un ou deux tours d'amarre autour du bollard et, en reculant, la *Santa Maria* s'en était libérée.

Foster mit un coup de barre à tribord, face aux vagues. Bill allait devoir rester sur l'îlot. Il était hors de question que Foster se rapprochât à nouveau de la jetée.

Il ouvrit les gaz à fond pour sortir de la baie et se dirigea vers la barre de Bernadine. Armé d'une lampe électrique, il descendit alors à fond de cale pour évaluer les dégâts.

Le fond du bateau était recouvert de trois couches de poisson. Foster n'eut qu'à retirer deux ou trois bêtes pour constater que les deux couches inférieures flottaient déjà dans l'eau. Le coup sur la proue avait fait un trou entre les planches du galbord.

Foster jeta les poissons de côté pour essayer de trouver la fuite.

La *Santa Maria* avait perdu le cap et prenait la lame de travers.

Un coup de roulis jeta Foster tête première sur le thon. Une nageoire affûtée lui taillada le visage.

Il remonta dans la cabine tant bien que mal et redirigea le bateau face à la lame.

Il était à trois milles de la barre. Il en avait pour un peu moins d'une demi-heure.

Armstrong lui lança un appel radio.

– T'as réussi à embarquer le gosse ?

– Non. La mer est trop forte.

– Tu vas réessayer ?

– Non, bordel. Je suis en train de couler.

– Comment ça ? demanda Armstrong d'une voix brusque.

– J'ai percuté la jetée et... et puis peu importe ! J'arrive. À tout à l'heure.

– Attends un peu, Jack. Tu ferais mieux de rentrer à Landalar si tu peux, la mer est un peu forte vers la barre.

– J'ai plus le temps, répondit amèrement Foster. Je t'ai dit que je coulais. À plus tard.

Il abandonna encore la barre et prit une gaffe à crocs au râtelier. À partir de l'échelle qui menait à fond de cale, il harponna les thons un par un pour tenter de dégager l'endroit où la fuite serait la plus importante.

Il jetait les poissons par la vitre brisée de la fenêtre, sur le pont avant. La plupart glissaient directement sur le côté et, en un plongeon bien net, tête la première, retournaient à la mer.

Foster voyait clairement l'eau du fond : noire et pleine de cambouis, elle sortait d'un caisson en clapotant, puis repartait à la mer. Il en avait jusqu'aux genoux. En passant la main sur les planches du galbord, il sentit un espace presque aussi large que ses doigts, qu'il colmata avec une chemise. Il cherchait une autre fuite quand la *Santa Maria* se mit encore en travers. Une dizaine de thons se faufilèrent entre ses jambes. Il remonta dans la cabine et redressa le bateau.

La barre n'était plus qu'à un mille.

Foster aperçut la crête blanche des vagues. Elles étaient fortes, très fortes, mais il n'avait pas d'autre choix. La *Santa Maria* flotterait jusqu'aux vagues. Il ne réussirait jamais à remonter la rivière, pensa-t-il, il lui fallait tenter de franchir la barre d'un coup et échouer le bateau sur la plage.

Il apercevait le pub. Plus d'une vingtaine de personnes l'observaient, sous la véranda.

Foster contacta le poste de police.

– Je prends l'eau, et rapidement. Je vais essayer de me laisser porter par une vague et de débouler sur la plage. Peux-tu demander aux types qui sont dans le coin de venir m'aider à récupérer les poissons ? Et demande à Jenkins de descendre son bulldozer.

– Jack, si tu es surchargé et que tu prends l'eau, tu vas être très bas. La marée n'est qu'à moitié montée. Si t'as un mètre cinquante de profondeur sur la barre, t'auras de la chance.

– Je sais bien.

– Peux-tu aller à Landalar ? T'auras plus de chance de rentrer.

– Je peux pas tenir une demi-heure de plus. Tu demandes aux gars de descendre ?

– Bien sûr, ne t'en fais pas pour ça, je m'en occupe, dit Armstrong d'une voix apaisante. Mais dis-moi, combien tu transportes, à peu près ?

– Dix-sept tonnes, répondit Foster avec amertume.

– Et combien d'eau ?

– Je sais pas, entre trente et soixante centimètres.

Un silence s'installa.

– Jack, dit enfin Armstrong. Écoute-moi et jette des poissons par-dessus bord. Tu ne pourras jamais franchir la barre avec tout ça. Ce serait une connerie monumentale, tu vas te tuer.

– Ouais, dit Jack. Tant pis ! Terminé.

La *Santa Maria* était violemment ballottée par les flots.

Foster envisagea d'essayer de redescendre colmater l'autre fuite, mais cet effort aurait été vain. Dans cinq minutes, il entrerait dans les vagues. Il n'allait pas prendre beaucoup plus d'eau en si peu et il risquait de perdre du temps si le bateau se mettait à nouveau en travers.

Il tenta d'ouvrir encore les gaz, mais il était déjà à fond.

Du bastingage bâbord, l'eau lui sembla anormalement proche. La *Santa Maria* commençait à couler, elle avait perdu une trentaine de centimètres. Son tirant d'eau, qui était habituellement d'un mètre vingt, devait être d'un mètre cinquante à présent et il atteindrait sans doute le mètre soixante sur les vagues. Il y avait un mètre cinquante d'eau sur la barre, deux à deux mètres cinquante de profondeur s'il prenait une grosse lame. Il devait absolument s'aider d'une grosse vague pour pouvoir passer.

Trois minutes jusqu'aux vagues. À travers la vitre brisée, le regard de Foster passa de l'énorme pile luisante de poissons sur la proue à la longue ligne du littoral qui s'échappait au nord, puis à la ville tapie dans les collines – avec l'hôtel qui surplombait la barre – et aux consommateurs debout, le verre à la main, observant le drame se dérouler sous leurs yeux, dans le vert bleu de l'eau.

Il aurait facilement pu abandonner son bateau et rentrer à la nage. S'il tentait de passer et qu'il talonne, la *Santa Maria* allait sans doute gîter. Mais il n'envisagea pas une seconde de la quitter.

Il prit un couteau dans la cabine et coinça la porte avec pour s'assurer qu'elle reste ouverte. Il voulait pouvoir sortir si ça s'avérait nécessaire.

Foster compta les lames : une petite, une petite, encore une petite, une grosse. Pas assez grosse, mais il faudrait s'en contenter.

Pour la première fois de sa vie, il regretta que les vagues ne soient pas plus violentes afin de lancer la *Santa Maria* sur la crête d'une grosse lame pleine d'écume qui la propulserait sur la plage.

Une petite vague, une petite, encore une petite, puis une grosse.

Il avait trouvé le rythme. Une sur quatre, mais cette quatrième n'était toujours pas assez grosse.

Il manœuvra la proue face aux vagues, le moteur au ralenti. Une petite vague passa sous le bateau, dont l'arrière s'affaissa lamentablement.

Avec la deuxième, quelques poissons glissèrent sur le côté.

À la troisième petite, Foster accéléra légèrement et, quand la quatrième, la grosse, finit par arriver, il accéléra à fond pour tenter de pousser le poids massif de la *Santa Maria* vers la barre.

La vague se recueillit derrière lui.

L'éclat du soleil la transperça.

Il sentit l'arrière se soulever. Il accélérait à s'en briser les doigts.

Le centre de la lame s'approcha.

La *Santa Maria* se dressa.

La vague se brisa.

La proue s'éleva de moitié vers le soleil et, malgré son énorme fardeau de poisson et d'eau, la *Santa Maria* s'élança avec légèreté vers le sable, à une centaine de mètres derrière la barre.

Un instant de pure exaltation s'empara de Foster, il sentit tout à la fois : la barre ressuscitée sous ses mains, ses jambes enfouies dans les thons, la *Santa Maria* vivante, la proue projetée par l'eau crémeuse, la fraîcheur du vent par la vitre brisée.

La quille frappa la barre.

La *Santa Maria* s'arrêta presque net.

La vague s'empressa de poursuivre sa route et l'abandonna là. La proue s'effondra violemment dans le sable.

Foster fut projeté à l'avant et se cogna la tête contre la vitre.

Les poissons de la cabine lui dégringolèrent sur le corps.

Il vit une demi-tonne de thon tomber à l'eau.

Il tenta de se remettre droit, luttant contre le poids des poissons.

Il avait toujours la main sur l'accélérateur et la *Santa Maria* continuait à avancer, traînant sa quille dans le sable. Mais le gouvernail, pris dans le sable lui aussi, mit le bateau en travers. Foster se jeta sur la barre avec toute la force de son corps pour tenter de tirer le poids mort de la *Santa Maria* de l'emprise du gouvernail.

La petite vague suivante permit au bateau de progresser d'un mètre environ, mais il continuait à se mettre en travers.

Le gouvernail s'était si profondément enfoui dans le sable que toute la force de Foster n'aurait pu le bouger d'un millimètre.

À trois mètres de là, les eaux profondes écumaient de l'autre côté de la barre.

Le bateau se leva avec la petite vague suivante, avança gauchement d'à peine un mètre, puis retomba dans le sable, presque parallèle aux vagues.

Le moteur cognait sourdement.

Une autre petite vague fit glisser le bateau, péniblement, toujours en travers.

Foster apercevait l'eau profonde à moins de trois mètres du bastingage bâbord. Il poussa de toutes les forces de son corps et de ses épaules sur la barre, pour tenter de la ramener à bâbord.

Puis la quatrième vague, la grosse, déferla et s'abattit sur le pont arrière, ajoutant dix tonnes d'eau au poids du poisson et de l'eau de la cale.

La *Santa Maria* s'enfonça dans le sable de la barre comme cent tonnes de plomb.

Pendant le passage de la lame, elle resta un instant à moitié hors de l'eau, sa silhouette massive et immobile engloutie dans le vaste creux vert-bleu de la vague.

Foster s'élança pour se jeter par la porte de la cabine, mais il se prit les pieds dans la masse mouvante des poissons et trébucha.

Avec la vague suivante, l'eau entra dans la cabine et tomba à fond de cale.

Foster reçut un violent coup à la tête.

L'eau se mit à lui entrer dans le nez et dans la bouche.

Suffoquant, il se remit sur pied et franchit la porte juste au moment où la lame suivante, énorme, déferla.

Elle emporta les barils de diesel qui avaient rompu les cordages les arrimant au pont arrière. Précipités contre la cabine, qui vola en éclats, les barils renversèrent ensuite Foster.

Il se retrouva sous l'eau dans la cabine de son propre bateau.

Les barils continuèrent leur course folle et sortirent par la vitre avant, finissant de démolir ce qui restait de la cabine. Le bateau était plein d'eau et Foster était entraîné dans un tourbillon de thons morts.

Puis, tandis que l'eau s'écoulait, il se releva et sortit tant bien que mal de la cabine défoncée, sur le pont arrière.

Il sentit la *Santa Maria* se soulever avant d'éclater comme un melon.

Foster coula dans le déluge du naufrage et aperçut dans sa chute – comme dans une vision de cauchemar – un torrent de thons glisser du pont supérieur dans les vagues.

Il se jeta sur le côté pour échapper au naufrage, mais son plongeon fut brutalement interrompu par quelque chose lui retenant un doigt de pied. Il s'affala dans l'eau, à côté de la coque éventrée, le pied droit retenu par cette chose qui lui transperçait l'orteil. Il se tortilla dans l'eau comme un leurre au bout d'une ligne de pêche au thon.

Foster comprit alors que l'hameçon d'une des cannes lui avait traversé l'orteil. La canne était bloquée dans l'épave. Il était pris au bout d'une ligne faite pour supporter une centaine de kilos.

Une vague l'emporta et il sentit le sable sous sa jambe gauche. Il fit un bond dans l'eau pour tenter de relâcher la tension sur son orteil et de retirer l'hameçon.

L'hameçon lisse qui glissait si aisément de la gueule des thons s'était fermement logé dans sa chair d'homme.

Une autre vague le renversa sur le dos et le fit tourbillonner, et perdre pied.

Il resurgit et tendit son corps vers la rive, cherchant le sable sous son pied gauche. Il se retourna et tenta de repartir en arrière pour soulager la tension de la ligne, mais une autre vague s'approchait.

– Nom de Dieu ! hurla Jack Foster.

Il avait perdu son bateau, devait-il aussi perdre la vie ?

– Nom de Dieu !

La vague le faucha et il fut à nouveau sous l'eau, se débattant comme une bonite tirée par un bateau ; son cri – mi-prière, mi-blasphème – fut étouffé par un tourbillon écumeux d'eau salée. Le courant le tirait vers la côte et il se mit en vrille au bout de la ligne. L'eau s'engouffrait dans ses narines. Ses yeux ouverts virent le chaos vert et blanc se teinter de rouge.

Puis la chair de son orteil lâcha et la vague lui fit franchir la barre.

Il plongea profondément et remonta, étourdi et mal en point.

Il nageait vers le sable lentement, languissamment, comme insensible à la panique, lorsqu'il remarqua pour la première fois que l'os de son avant-bras gauche était à nu, du coude jusqu'au poignet.

La blessure, béante et rouge quand il levait le bras pour nager, ressortait de l'eau blanche et propre, avant de se badigeonner encore de rouge.

Son bras heurta le sable et il poursuivit à quatre pattes. Il sentit qu'on le saisissait par les épaules, avant de sombrer dans l'obscurité.

Dans cette obscurité, il entendit des voix et, au-dessus d'elles, au-dessus du bruit des vagues, il perçut les cris aigus et stridents des mouettes.

Achevé d'imprimer en février 2007 sur les presses de l'imprimerie Corlet
à Condé-sur-Noireau, France pour le compte des Éditions Autrement,
77, rue du Faubourg-Saint-Antoine, 75011 Paris. Tél. : 01 44 73 80 00.
Fax : 01 44 73 00 12. E-mail : contact@autrement.com.
N° d'imprimeur : 96889. ISSN : 1248-4873. ISBN : 978-2-7467-0932-4.
Dépôt légal : mars 2007.